La biblioteca di Gianni Rodari

Gianni Rodari

Le avventure di Cipollino

Illustrazioni di Manuela Santini

Einaudi Ragazzi

Le avventure di Cipollino

Capitolo I

Schiaccia un piede Cipollone al gran Principe Limone

Cipollino era figlio di Cipollone e aveva sette fratelli: Cipolletto, Cipollotto, Cipolluccio e cosí di seguito, tutti nomi adatti a una famiglia di cipolle. Gente per bene, bisogna dirlo subito, però piuttosto sfortunata.

Cosa volete, quando si nasce cipolle, le lacrime sono di casa.

Cipollone e i suoi figli abitavano in una baracca di legno, poco piú grande di una cassetta di quelle che si vedono dall'ortolano. I ricchi che capitavano da quelle parti torcevano il naso disgustati.

– Mamma mia, che puzzo di cipolla, – dicevano, e ordinavano al cocchiere di frustare i cavalli.

Una volta doveva passare di là anche il Governatore, il Principe Limone. I dignitari di corte erano molto preoccupati.

– Che cosa dirà Sua Altezza quanto sentirà questo odor di poveri?

– Si potrebbe profumarli, – suggerí il Gran Ciambellano.

Una dozzina di Limoncini furono subito spediti laggiú a profumare i poveri. Per l'occasione avevano lasciato a casa le spade e i fucili e si erano caricati sulle spalle grossi bidoni pieni di acqua di Colonia, di profumo alla violetta, e di essenza di rose di Bulgaria, la piú fina che ci sia.

Cipollone, i suoi figli e i suoi parenti furono fatti uscire dalle baracche, allineati contro i muri e spruzzati dalla testa ai piedi fin che furono fradici, tanto che Cipollino si prese un raffreddore.

A un tratto si udí suonare la tromba e arrivò il Governatore in persona, con i Limoni e Limoncini del seguito. Il Principe Limone era tutto vestito di giallo, compreso il berretto, e in cima al berretto aveva un campanello d'oro. I Limoni di corte avevano il campanello d'argento, e i Limoncini di bassa forza un campanello di bronzo. Tutti insieme facevano un magnifico concerto e la gente correva a vedere gridando: – Arriva la banda!

Ma non era la banda musicale.

Cipollone e Cipollino si erano messi proprio in prima fila, cosí si pigliavano nella schiena e negli stinchi gli spintoni e i calci di quelli che stavano dietro. Il povero vecchio cominciò a protestare:

– Indietro! Indietro!

Il Principe Limone lo sentí e pigliò cappello.

Si fermò davanti a lui, piantandosi per bene sulle gambette storte e lo redarguí severamente:

– Che avete da gridare « indietro, indietro? » Vi dispiace forse che i miei fedeli sudditi si facciano avanti per applaudirmi?

– Altezza, – gli bisbigliò nell'orecchio il Gran Ciambellano, – quest'uomo mi sembra un pericoloso sovversivo, sarà bene tenerlo d'occhio.

Subito una guardia cominciò a tener d'occhio Cipollone con un cannocchiale speciale che si adoperava per sorvegliare i sovversivi, e ogni guardia ne aveva uno.

Il povero Cipollone diventò tutto verde dalla tremarella.

– Maestà, – si provò a dire, – mi spingono!

– E fanno bene! – tuonò il Principe Limone. – Fanno benissimo!

Il Gran Ciambellano, allora, si rivolse alla folla e fece questo discorso:

– Amatissimi sudditi, Sua Altezza vi ringrazia per il vostro affetto e per le vostre spinte. Spingete, cittadini, spingete piú forte!

– Ma vi cascheranno addosso! – si provò a dire Cipollino.

Subito una guardia cominciò a tener d'occhio anche lui col suo cannocchiale, ragion per cui Cipollino pensò bene di svignarsela, infilandosi tra le gambe dei presenti.

I quali, sulle prime, non spingevano tanto, per non farsi male; ma il Gran Ciambellano distribuí certe occhiatacce che la folla cominciò a ondeggiare peggio dell'acqua in un mastello. E spinsero tanto che Cipollone andò a finire dritto dritto sui piedi del Principe Limone. Sua Altezza vide in pieno giorno tutte le stelle del firmamento, senza l'aiuto dell'astronomo di corte. Dieci Limoncini di bassa forza balzarono come un solo Limoncino addosso al malcapitato Cipollone e gli misero le manette.

– Cipollino! Cipollino! – gridava il vecchio mentre lo portavano via.

Cipollino in quel momento era lontano, ma la folla attorno a lui sapeva già tutto; anzi, come succede in questi casi, ne sapeva anche di piú.

– Per fortuna che l'hanno arrestato: voleva pugnalare Sua Altezza!

– Ma cosa dite, aveva una mitragliatrice nel taschino!

– Nel taschino? Suvvia, questo non è possibile.

– E non avete sentito i colpi?

I colpi, in realtà, erano quelli dei mortaretti che scoppiavano in onore del Principe Limone, ma la gente si spaventò tanto che si mise a scappare da tutte le parti.

Cipollino avrebbe voluto dire a quella gente che il suo babbo, nel taschino, aveva solamente una cicca di sigaro toscano, ma poi pensò che non lo avrebbero neanche ascoltato. Povero Cipollino! Gli pareva di non vederci tanto bene dall'occhio destro: invece era una lacrimuccia che voleva uscire a tutti i costi.

– Stupida! – esclamò Cipollino, stringendo i denti per farsi coraggio.

La lacrimuccia, spaventatissima, fece dietro-front e non si fece piú vedere.

***

In breve: Cipollone fu condannato a stare in prigione per tutta la vita, anzi, fin dopo morto, perché nelle prigioni del Principe Limone c'era anche il cimitero.

Cipollino lo andò a trovare e lo abbracciò:

– Povero babbo! Vi hanno messo in carcere come un malfattore, insieme ai peggiori banditi!

– Figlio mio, togliti quest'idea dalla testa, – gli disse il babbo affettuosamente. – In prigione c'è fior di galantuomini.

– E cos'hanno fatto di male?

– Niente. Proprio per questo sono in prigione. Al Principe Limone non piace la gente per bene.

Cipollino rifletté un momento e gli parve di aver capito.

– Allora è un onore stare in prigione?

– Certe volte sí. Le prigioni sono fatte per chi ruba e per chi ammazza, ma da quando comanda il Principe Limone chi ruba e ammazza sta alla sua corte e in prigione ci vanno i buoni cittadini.

– Io voglio diventare un buon cittadino, – decise Cipol-

lino, – ma in prigione non ci voglio finire. Anzi, verrò qui
e vi libererò tutti quanti.

In quel momento un Limonaccio di guardia avvertí che
la conversazione era finita.

– Cipollino, – disse il povero condannato, – tu adesso sei
grande e puoi badare ai fatti tuoi. Alla mamma e ai tuoi
fratellini ci penserà lo zio Cipolla. Io desidero che tu pren-
da la tua roba e te ne vada per il mondo a imparare.

– Ma io non ho libri, e non ho soldi per comperarli.

– Non importa. Studierai una materia sola: i bricconi.
Quando ne troverai uno, fermati a studiarlo per bene.

– E poi che cosa farò?

– Ti verrà in mente al momento giusto.

– Andiamo, andiamo, – fece il Limonaccio, – basta con
le chiacchiere. E tu, moccioso, tieni lontano se non vuoi
finire in gattabuia anche tu.

Cipollino aveva pronta una risposta pepata sulla punta
della lingua, ma capí che non valeva la pena di farsi arrestare prima ancora di mettersi al lavoro.

Abbracciò il babbo e scappò via.

Il giorno stesso affidò la mamma e i fratellini allo zio
Cipolla, un buon uomo un po' piú fortunato degli altri,
perché aveva addirittura un posto di portinaio; e con un
fagottello infilato su un bastone, si mise in cammino. Prese
la prima strada che gli capitò davanti, ma doveva essere
– come vedrete – la strada giusta. Dopo un paio d'ore di
cammino si trovò all'ingresso di un paesino di campagna,
senza nemmeno il nome scritto sulla prima casa. Anzi, la
prima casa non era nemmeno una casa, ma una specie di
canile che sarebbe bastato a malapena per un can bassotto.
Nel finestrino si vedeva la faccia di un vecchietto con la
barba rossiccia, che guardava fuori tristemente e sembrava
molto occupato a lamentarsi dei casi suoi.

Capitolo II

Come fu che il sor Zucchina fabbricò la sua casina

– Quell'uomo, – domandò Cipollino, – che cosa vi è saltato in testa di rinchiudervi là dentro? Io, poi, vorrei sapere come farete a uscire.

– Oh, buongiorno, – rispose gentilmente il vecchietto, – io vi inviterei volentieri, giovanotto, e vi offrirei un bicchiere di birra. Ma qui dentro in due non ci si sta, e poi a pensarci bene non ho nemmeno il bicchiere di birra.

– Per me fa lo stesso, – disse Cipollino, – non ho sete. La vostra casa è tutta qui?

– Sí, – rispose il vecchietto, che si chiamava sor Zucchina, – è un po' piccola, ma fin che non tira vento va abbastanza bene.

Il sor Zucchina aveva appena finito il giorno prima di costruirsi la sua casetta. Dovete sapere che fin da ragazzo egli si era fissato in testa di avere una casa di sua proprietà, e ogni anno metteva da parte un mattone. Però c'era un guaio, e cioè che il sor Zucchina non sapeva l'aritmetica, e cosí ogni tanto pregava Mastro Uvetta, il ciabattino, di fargli il conto dei mattoni.

– Vediamo un po', – diceva Mastro Uvetta, grattandosi

la testa con la lesina, – sei per sette quarantadue... abbasso il nove... insomma, sono diciassette.

– E bastano per fare una casa?

– Io direi di no.

– E allora?

– E allora che vuoi da me? Se non bastano per fare una casa, farai una panchina.

– Ma io non ho bisogno di una panchina. Ci sono già quelle dei giardini pubblici, e quando sono occupate posso benissimo stare in piedi.

Mastro Uvetta si diede una grattatina alla testa con la lesina, prima dietro l'orecchio destro, poi dietro l'orecchio sinistro, infine rientrò nella sua bottega.

Il sor Zucchina decise di lavorare di piú e di mangiare di meno, cosí che risparmiava tre mattoni all'anno, e qualche anno perfino cinque in una volta.

Diventò secco come uno zolfanello, ma la pila dei mattoni cresceva.

La gente diceva:

– Guardate Zucchina, sembra che i suoi mattoni se li tiri fuori dalla pancia. Ogni volta che il mucchio cresce di un mattone, Zucchina diminuisce di un chilo.

Quando Zucchina si sentí vecchio, andò a chiamare di nuovo Mastro Uvetta e gli disse cosí:

– Per favore, venite a farmi il conto dei mattoni.

Mastro Uvetta prese la lesina per grattarsi la testa, diede un'occhiata al mucchio e sentenziò:

– Sei per sette quarantadue... abbasso il nove... insomma, sono centodiciotto.

– Basteranno per fare la casa?

– Io dico di no.

– E allora?

– Che vuoi da me? Farai un pollaio.

– Ma io non ho galline da metterci.

– Mettici un gatto: i gatti sono utili perché pigliano i topi.

– È vero, ma io non ho un gatto, e a pensarci bene mi mancano anche i topi.

– Non so cosa dirti, – sbuffò Mastro Uvetta, grattandosi furiosamente la testa con la lesina, – centodiciotto sono centodiciotto, è giusto?

– Se lo dite voi che avete studiato l'aritmetica, sarà certamente così.

Il sor Zucchina sospirò, poi sospirò ancora una volta; infine, visto che a sospirare i mattoni non aumentavano di numero, decise di cominciare senz'altro la costruzione.

« Farò una casa piccola piccola, – pensava lavorando, – non ho mica bisogno di un palazzo, tanto sono piccolo anch'io. E se i mattoni sono pochi, adopererò qualche foglio di carta ».

Il sor Zucchina lavorava adagio adagio, per paura di consumare troppo presto i mattoni. Li metteva uno sull'altro con delicatezza, come se fossero stati di vetro. Li conosceva tanto bene, i suoi mattoni!

– Ecco, – diceva prendendone uno e accarezzandolo affettuosamente, – questo è il mattone che risparmiai dieci anni fa per Natale. Lo andai a comperare al mercato con i soldi del cappone: il cappone lo mangerò quando sarà finita la casa.

A ogni mattone tirava un sospiro lungo lungo. Ma quando ebbe consumato tutti i mattoni, gli restavano ancora molti sospiri, e la casa era venuta uguale a una colombaia.

« Se io fossi un colombo, – pensava il povero Zucchina, – ci starei comodissimo ».

Invece quando fece per entrare, batté un ginocchio sul tetto e minacciò di far crollare tutta la baracca.

– Invecchiando divento sbadato: devo fare piú attenzione.

Si inginocchiò davanti alla porta e cosí carponi e ginocchioni, strisciando e sospirando, entrò nella sua casina. Una volta dentro, ricominciarono i guai: se si alzava faceva crollare il tetto; lungo disteso non si poteva mettere, perché la casa era troppo corta; di traverso non si poteva sdraiare perché la casa era troppo stretta. E i piedi? Bisognava tirare dentro anche i piedi, altrimenti in caso di pioggia si sarebbero bagnati.

– A quel che vedo, – concluse Zucchina, – non mi resta che mettermi seduto.

E cosí fece. Si mise seduto e sospirò.

Se ne stava lí in mezzo alla casetta, sospirando con circospezione, e la sua faccia, nel finestrino, sembrava il ritratto della malinconia.

– Come vi sentite? – domandò Mastro Uvetta che era uscito sulla porta della bottega a curiosare.

– Bene, grazie, – rispose gentilmente Zucchina.

– Non vi va un po' stretta sulle spalle?

– No, ho preso bene le mie misure.

Mastro Uvetta si grattò la testa, secondo il solito, e borbottò qualcosa, ma non si poté capire cosa. Intanto, da tutte le parti la gente veniva a vedere la casetta di Zucchina. Venne anche una schiera di monelli e il piú piccolo saltò sul tetto della casina, e cominciò a ballare il girotondo:

Nella casa del sor Zucchina
la mano destra sta in cucina
la mano sinistra sta in cantina,
le gambe in camera da letto
e la testa esce dal tetto.

– Per carità, ragazzi, – si raccomandava Zucchina, – fate piano altrimenti mi crolla la casa. È tanto delicata.

Per rabbonirli si cavò di tasca tre o quattro bei confetti rossi e verdi che ci stavano chissà da quanti anni e li offrí ai ragazzi: i quali si tuffarono strillando sulla mano e si azzuffarono per spartirsi il bottino.

Da quel giorno Zucchina, appena gli cresceva in tasca qualche spicciolo, comprava dei confetti e li metteva sul davanzale della finestra per i bambini, come si mettono le briciole per i passeri. Cosí se li fece amici. Qualche volta li lasciava entrare a turno nella casetta e lui stava fuori a guardare che non facessero disastri.

***

Zucchina stava appunto raccontando a Cipollino tutte queste cose, quando una nuvola di polvere si levò in fondo al villaggio e subito si sentí uno sbattere precipitoso di porte e di finestre. Si vide la moglie di Mastro Uvetta abbassare con gran furia la saracinesca. La gente si tappava in casa come se stesse per scoppiare il ciclone. Perfino le galline, i gatti e i cani si diedero a scappare di qua e di là in cerca di un rifugio.

Cipollino non fece in tempo a informarsi di quel che stava succedendo: la nuvola di polvere, con un frastuono orribile, aveva già attraversato il villaggio e si fermò proprio davanti alla casetta del sor Zucchina.

Tra la polvere comparve una carrozza tirata da quattro cavalli, che poi erano piuttosto quattro cetrioli, perché in quel paese, come avrete già capito, erano tutti imparentati con qualche verdura. Dalla carrozza balzò a terra un personaggio imponente, vestito di verde, con una faccia rossa e tonda che pareva sul punto di scoppiare, come un pomodoro troppo maturo.

Quel personaggio era difatti il Cavalier Pomodoro, Gran Maggiordomo e Amministratore del Castello delle Contesse del Ciliegio. Cipollino pensò che doveva essere un poco di buono, se tutti scappavano a vederlo arrivare, e a ogni buon conto si tirò in disparte.

Per intanto però il Cavalier Pomodoro non faceva nulla di terribile. Cosa faceva? Fissava il sor Zucchina, lo fissava e lo fissava, crollando la testa minacciosamente, senza dire una parola.

Il povero sor Zucchina avrebbe voluto sprofondare, lui e la sua casetta.

Il sudore gli scendeva a ruscelli dalla fronte e gli entrava in bocca, ma lui non aveva nemmeno il coraggio di alzare una mano per asciugarselo e lo mandava giù: era salato e amaro.

Il sor Zucchina chiuse gli occhi e pensò:

« Ecco, Pomodoro non c'è più. Io e la mia casetta siamo un marinaio e la sua barchetta in mezzo all'Oceano Pacifico, e l'acqua del mare è azzurra e calma e ci culla dolcemente. O come ci culla dolcemente, di qua e di là... di qua e di là... »

Macché Oceano Pacifico, macché Oceano Atlantico: era il Cavalier Pomodoro che, afferrato il cucuzzolo del tetto, lo scrollava di qua e di là con tutta la sua forza, facendone cadere i tegoli.

Il sor Zucchina riaprí gli occhi, mentre Pomodoro lanciava un ruggito spaventoso, che fece chiudere le finestre del villaggio anche piú strette di prima: e chi aveva dato un solo giro di chiave alla porta ne diede subito un secondo.

– Ladrone! – gridava Pomodoro. – Brigante! Tu hai costruito un palazzo sul terreno che appartiene alle Contesse del Ciliegio e pensi di passarci il resto dei tuoi giorni,

oziando e ridendo alle spalle delle due povere vecchie signore, vedove e orfane di padre e di madre. Ma te la farò
vedere io!

– Eccellenza! – pregava Zucchina. – Vi assicuro che il
permesso di costruirmi qui la mia casetta mi è stato dato
dal signor Conte Ciliegione!

– Il Conte Ciliegione è morto da trent'anni, pace al suo
nocciolo. La terra è delle Contesse, e tu mi farai il piacere
di andartene su due piedi. Del resto te lo dirà l'avvocato.
Avvocato! Avvocato!

Il sor Pisello, che era l'avvocato del paese, doveva essere
stato tutto il tempo dietro la porta, pronto alla chiamata, perché schizzò fuori proprio come un pisello dal suo
baccello. Ogni volta che Pomodoro scendeva al villaggio
chiamava sempre l'avvocato per farsi dar ragione.

– Eccomi, Eccellenza! Ai Vostri ordini, – biascicò Pisello, inchinandosi.

Ma era cosí piccolo che l'inchino non si vide: per paura
di sembrare maleducato il sor Pisello fece addirittura una
capriola, e andò a finire a gambe all'aria.

– Dite a quest'uomo che se ne deve andare subito, in
nome della legge. E fate sapere a tutti quanti che le Contesse del Ciliegio hanno intenzione di mettere in questo
canile un feroce mastino per tenere a bada i monelli, che
da qualche tempo si dimostrano poco rispettosi.

– Ecco, io, veramente... – cominciò a farfugliare il sor
Pisello, diventando sempre piú verde per la paura.

– Che veramente e non veramente: siete avvocato sí o
no?

– Sissignore, Eccellenza Illustrissima: mi sono laureato in
diritto civile, penale e penoso all'università di Salamanca.

– Basta cosí, allora. Se siete avvocato, ho ragione io.
Potete andare.

– Sissignore, signor Cavaliere –. E il sor Pisello, senza farselo ripetere, scomparve piú svelto della coda di un topo.

– Hai sentito che cos'ha detto l'avvocato? – domandò Pomodoro al sor Zucchina.

– L'avvocato non ha detto proprio niente.

– E osi anche rispondere, prepotentaccio?

– Eccellenza, io non ho aperto bocca, – balbettò Zucchina.

– Chi ha parlato, allora?

Pomodoro si guardò in giro minacciosamente.

– Birbante! Briccone! – disse ancora la voce.

– Chi ha parlato? Sarà stato certo quel poco di buono di Mastro Uvetta, – concluse Pomodoro, e direttosi verso la bottega del ciabattino picchiò con la sua mazza sulla saracinesca, dicendo:

– Lo so, lo so, Mastro Uvetta, che nella vostra bottega si fanno discorsi proibiti contro di me e contro le nobili Contesse del Ciliegio. Non avete alcun rispetto per quelle due poverine, vedove, orfane di padre e di madre e senza neanche uno zio. Ma verrà anche la vostra volta. E allora vedremo chi riderà.

– Verrà anche la tua volta, Pomodoro, e allora scoppierai, – disse di nuovo la voce. E il padrone della voce, ossia Cipollino, si avvicinò con le mani in tasca al terribile Cavaliere, il quale non sospettò nemmeno per un minuto che fosse stato quel ragazzotto a dirgli il fatto suo.

– Di dove sbuchi tu? Perché non sei al lavoro?

– Io non lavoro, – disse Cipollino, – io studio.

– E che cosa studi? Dove sono i libri?

– Studio i furfanti, Eccellenza. Giusto adesso me n'è capitato uno sotto il naso, e non voglio perdere l'occasione di studiarlo per vedere com'è fatto.

– Un furfante? Qui tutti dal piú al meno sono furfanti. Ma se ne hai trovato uno che non conosco, fammelo vedere.

– Certo, Eccellenza, – rispose Cipollino, strizzandogli l'occhio. Affondò ancora di piú la mano nella tasca sinistra e ne trasse uno specchietto che adoperava per andare a caccia di allodole. Andò a mettersi davanti al muso di Pomodoro e gli ficcò lo specchio sotto il naso.

– Eccolo, Eccellenza: se lo guardi con comodo.

Pomodoro guardò con curiosità nello specchio. Chissà cosa credeva di vederci! Naturalmente, invece, ci vide la sua faccia, rossa di fuoco, con gli occhietti piccoli, con la bocca cattiva.

Finalmente capí che Cipollino lo stava prendendo per il naso: allora divenne addirittura furibondo. Lo afferrò per i capelli a due mani e cominciò a tirare.

– Ahi! Ahi! – strillava Cipollino, senza perdere l'allegria. – Troppa forza per un furfante solo: Vostra Eccellenza vale addirittura un battaglione di furfanti.

– Ti farò vedere io, – strillava Pomodoro. E tirò cosí forte che una ciocca di capelli gli restò in mano.

E capitò quello che doveva capitare, trattandosi dei capelli di Cipollino.

Che è, che non è, a un tratto il feroce Cavaliere si sentí un tremendo pizzicore agli occhi e cominciò a piangere a ruscelli. Le lacrime gli scorrevano giú per le guance a sette a sette. La strada fu subito bagnata come se fosse passato lo spazzino con la pompa.

– Questa non mi era mai capitata! – rifletteva stralunato Pomodoro. Infatti, siccome non aveva cuore, non gli era mai capitato di piangere, e poi non aveva mai sbucciato le cipolle. Il fenomeno gli parve cosí strano che balzò sul calesse, frustò il cavallo e scappò via a gran velocità. Mentre fuggiva, però si voltò indietro a gridare:

– Zucchina, sei avvisato... E tu, piccolo malandrino, pagherai salate queste lacrime.

Cipollino si buttò per terra a ridere e il sor Zucchina si asciugava il sudore.

Una dopo l'altra le porte e le finestre si spalancavano, tranne quella del sor Pisello. Mastro Uvetta rialzò la saracinesca e venne fuori grattandosi la testa con entusiasmo:

– Per tutto lo spago dell'universo! – esclamava, – ecco uno capace di far piangere il Cavalier Pomodoro. Di dove vieni, ragazzo?

E Cipollino dovette raccontare a tutti la sua storia, che voi conoscete già.

Capitolo III

Un Millepiedi pensa: che guaio portare i figli dal calzolaio!

Cipollino cominciò a lavorare nella bottega di Mastro Uvetta, e faceva molti progressi nell'arte del ciabattino: dava la pece allo spago, batteva le suole, piantava i chiodi negli scarponi, prendeva le misure ai clienti.

Mastro Uvetta era contento e gli affari andavano bene. Molta gente veniva nella sua bottega solo per dare un'occhiata a quello straordinario ragazzetto che aveva fatto piangere il Cavalier Pomodoro.

Cosí Cipollino fece molte nuove conoscenze.

Venne prima di tutti il professor Pero Pera, maestro di musica, con il violino sotto il braccio. Lo seguiva un codazzo di mosconi e di vespe, perché il violino di Pero Pera era una mezza pera profumata e burrosa, e si sa che i mosconi perdono facilmente la testa per le pere.

Piú di una volta, quando Pero Pera dava concerto, gli spettatori si alzavano e davano l'allarme:

– Professore, faccia attenzione: sul violino c'è un moscone.

Pero Pera interrompeva il concerto e con l'archetto dava la caccia al moscone. Qualche volta un bacherozzo riusciva a introdursi nel violino e vi scavava delle lunghe gallerie: cosí lo strumento era rovinato, e il professore doveva procurarsene un altro.

Poi venne Pirro Porro, che faceva l'ortolano: aveva un gran ciuffo sulla fronte e un paio di baffi che non finivano mai.

– Questi baffi, – raccontò Pirro Porro a Cipollino, – sono la mia disperazione. Quando mia moglie deve stendere il bucato ad asciugare, mi fa sedere sul balcone, attacca i miei baffi a due chiodi, uno a destra e uno a sinistra, e ci appende i panni. E a me tocca starmene tutto il tempo al sole, fin che siano asciutti. Guarda i segni delle mollette.

Difatti sui baffi, a distanze regolari, si vedevano i segni delle mollette.

Venne anche una famiglia di Millepiedi forestieri, cioè il padre e due figli, che si chiamavano Centozampine e Centozampette e non stavano mai fermi un minuto.

– Sono sempre cosí vivaci? – domandò Cipollino.

– Cosa dici mai? – fece il Millepiedi, – adesso sono due angeli. Li dovresti vedere quando mia moglie gli fa il bagno: gli lava le gambe davanti e loro si sporcano quelle di dietro, gli lava quelle di dietro e loro si sporcano davanti. Non finisce mai e ogni volta ci vuole una cassa di sapone.

Mastro Uvetta domandò:

– E cosí, gli prendiamo la misura per le scarpe, ai piccolini?

– Per l'amor del cielo: duemila paia di scarpe! Dovrei lavorare tutta la vita per pagare il debito.

– Io, poi, – aggiunse Mastro Uvetta, – non avrei abbastanza cuoio in tutta la bottega.

– Date un'occhiata a quelle piú rotte, e vedremo di cambiare almeno quelle.

Centozampine e Centozampette si sforzarono volenterosamente di tener fermi i piedi mentre Mastro Uvetta e Cipollino esaminavano suole e tomaie.

– Ecco, a questo bisognerebbe cambiare le prime due paia e il paio numero trecento.

– Oh, quello può andare ancora, – si affrettò a dire babbo Millepiedi, – basterà rimettere i tacchi.

– A quest'altro bisogna cambiare le dieci scarpe in fondo alla fila di destra.

– Glielo dico sempre di non strisciare i piedi. I bambini camminano, forse? Macché: saltano, ballano, strisciano. Ed ecco il risultato; tutta la fila delle scarpe di destra si consuma prima della fila di sinistra.

Mastro Uvetta sospirava:

– Eh, avere due piedi o mille è lo stesso, per i bambini. Sarebbero capaci di rompere mille paia di scarpe con un piede solo.

Infine la famiglia Millepiedi se ne andò zampettando: Centozampine e Centozampette scivolarono via meglio che se avessero le ruote. Babbo Millepiedi invece era un po' meno veloce: infatti era un po' zoppo. Ma mica tanto, poi: era zoppo solo da centodiciassette zampe...

Capitolo IV

Il terribile cane Mastino
è preso per sete da Cipollino

La casa del sor Zucchina? Andò a finire che una brutta mattina il Cavalier Pomodoro si ripresentò, a bordo della sua carrozza tirata da quattro cetrioli; ma stavolta era accompagnato da una dozzina di guardie. Senza tanti complimenti il sor Zucchina fu fatto sgomberare e nella sua casetta fu messo un terribile cagnaccio, di nome Mastino.

– Cosí, – esclamò Pomodoro guardandosi attorno con aria di minaccia, – i monelli del paese impareranno a portarmi rispetto, a cominciare da quel monello forestiero che Mastro Uvetta si è preso in casa.

– Bene, bene, – approvò Mastino.

– Quanto a quel vecchio scimunito di Zucchina, imparerà a opporsi ai miei ordini. Se vuole una casa, c'è un posto per lui in prigione. Là dentro c'è posto per tutti.

– Bene, bene, – approvò di nuovo Mastino.

Mastro Uvetta e Cipollino, sulla soglia della bottega, assistettero a quella scena senza poter muovere un dito. Zucchina si sedette tristemente su un paracarro a lisciarsi la barba. E ogni volta che se la lisciava gli restava in mano un pelo. Cosí decise di non toccarsi piú la barba per non consumarla. Se ne stava seduto sul paracarro zitto zitto, e sospirava, perché avrete già capito che Zucchina aveva una grande riserva di sospiri.

Pomodoro rimontò in carrozza. Mastino si mise sull'attenti e gli presentò la coda.

– Tu, fai buona guardia, – comandò il Cavaliere. Diede una frustata ai quattro cetrioli e la carrozza ripartí.

Era una bella giornata d'estate, molto calda. Mastino passeggiò per un po' davanti alla casetta, in su e in giú, dimenando la coda per darsi delle arie. Poi cominciò a sudare e pensò che gli avrebbe fatto piacere un bicchiere di birra. Si guardò attorno per vedere se c'era qualche monello da mandare all'osteria a prendere la birra, ma monelli non se ne vedevano. C'era Cipollino sulla soglia della bottega di Mastro Uvetta che tirava lo spago, ma, chissà perché, da quella parte Mastino sentiva un odore sospetto. Decise di non dirgli nulla.

Il caldo aumentava col salir del sole, e col caldo la sete.

– Chissà cos'ho mangiato, questa mattina, – borbottava Mastino. – Che mi abbiano messo troppo sale nella zuppa? Mi sembra di avere il fuoco in gola e ho la lingua di cemento armato.

Cipollino si fece sulla porta a dare un'occhiata.

– Ehi! – guaí Mastino con un fil di voce.

– Dite a me?

– Sí, dico a voi, giovanotto. Mi andreste a prendere una aranciata?

– Ci andrei volentieri, signor Mastino, ma giusto adesso il mio padrone mi ha dato questa scarpa da risuolare e non ho tempo.

E rientrò senz'altro nella bottega.

– Che maleducato! – brontolò il cane, scuotendo con

rabbia la catena che gli impediva di fare senz'altro una scappata all'osteria.

Dopo un poco, Cipollino si affacciò di nuovo.

– Signorino, – mormorò Mastino, – mi portereste un bicchiere d'acqua?

– Io sí che ve lo porterei, – rispose pronto Cipollino, – ma giusto adesso il mio padrone mi ha comandato di rimettere i tacchi a un paio di scarpe del barbiere.

Verso le tre del pomeriggio il sole scottava tanto che perfino i sassi sudavano. Il Mastino non ne poteva piú. Allora Cipollino riempí d'acqua una bottiglia e ci versò una polverina bianca che la moglie di Mastro Uvetta usava per addormentarsi la sera. Difatti la povera donna era tanto nervosa che senza quella polverina non le riusciva di dormire.

Cipollino mise il pollice sulla bocca della bottiglia e poi, portandosela alle labbra, finse di bere.

– Ah! – esclamò poi lisciandosi la gola, – quant'è fresca!

Il Mastino inghiottí un litro di acquolina e per un momento gli parve di star bene.

– Signor Cipollino, – disse poi, – è molto buona quell'acqua?

– Buona? Dite pure che è meglio del rosolio.

– E non ci sono microbi?

– Macché, è acqua purissima, distillata da un professore dell'università di Barberino.

E cosí dicendo si portò di nuovo la bottiglia alla bocca e finse di inghiottirne un paio di sorsate.

– Signor Cipollino, – fece il Mastino, – com'è che la bottiglia resta sempre piena?

– Dovete sapere, – rispose Cipollino, – che questo è un regalo del mio povero nonno. È una bottiglia che non si vuota mai.

– Me ne dareste una sorsatina? Tanto come un cucchiaio mi basterebbe.

– Una sorsatina? Ma io ve ne do una mezza dozzina di bottiglie! – rispose Cipollino.

Figuratevi la gioia di Mastino: non la finiva piú di ringraziare il ragazzo, gli leccava le ginocchia dimenando la coda come non avrebbe fatto nemmeno per le sue padrone, le Contesse del Ciliegio.

Cipollino gli porse la bottiglia. Il cane se l'attaccò alle labbra e bevve, la bevve tutta fino in fondo con una sola sorsata e stava per dire:

« È già finita? Non mi avevate detto che era una bottiglia miracolosa? »

Ma non fece in tempo a dirlo e cadde addormentato.

Cipollino lo slegò dalla catena, se lo caricò sulle spalle e si avviò verso il Castello. Si voltò indietro ancora una volta a guardare il sor Zucchina che ripigliava possesso

della sua casuccia: nel finestrino, la faccia del vecchietto, con la sua barba rossiccia spelacchiata, sembrava il ritratto della felicità.

« Povero cagnaccio! – pensava Cipollino camminando verso il Castello. – Te l'ho dovuta fare. Chissà se mi ringrazierai ancora per l'acqua fresca, quando ti sveglierai ».

Il cancello del parco era aperto. Cipollino posò il cane sull'erba, lo accarezzò dolcemente e disse: – Scusami tanto, e salutami il Cavalier Pomodoro.

Il Mastino rispose con un mugolio felice: stava sognando di nuotare in un laghetto in mezzo alle montagne, un laghetto di acqua fresca e dolcissima, e nuotando beveva a sazietà, diventava d'acqua lui pure, un cane d'acqua, con due orecchie d'acqua e una coda d'acqua zampillante.

– Sogna in pace, – disse Cipollino. E tornò al villaggio.

Capitolo V

Signori ladri, prima di entrare
il campanello vogliate suonare

Al villaggio Cipollino trovò molta gente radunata attorno
alla casa del sor Zucchina a discutere. A dire la verità,
erano tutti piuttosto spaventati.

– Che farà ora il Cavaliere? – si domandava il professor
Pero Pera con aria preoccupata.

– Io dico che questa storia finirà male. In fin dei conti,
loro sono i padroni e loro comandano, – osservò la sora
Zucca. La moglie di Pirro Porro le diede subito ragione,
afferrò il marito per i baffi come se fossero due redini e
fece:

– Arrí là! Torniamo a casa, prima che succedano altri
guai.

Anche Mastro Uvetta crollava il capo.

– Pomodoro è rimasto beffato due volte: ora si vorrà
vendicare, – disse.

L'unico a non preoccuparsi era il sor Zucchina: aveva
cavato di tasca i piú bei confetti che si fossero mai visti e
ne offriva a tutti per festeggiare l'avvenimento. Cipollino
prese un confetto, lo succhiò ben bene, poi disse:

– Sono anch'io del parere che Pomodoro non si arren-
derà tanto presto.

– Ma allora... – cominciò Zucchina, sospirando. Tutta la sua felicità era scomparsa come il sole quando passa una nuvola.

– Allora, la mia idea è questa. Non c'è che una cosa da fare: nascondere la casa.

– Nascondere la casa?

– Appunto. Se fosse un gran palazzo non lo direi nemmeno, ma una casa tanto piccola non si farà fatica a nasconderla. Scommetto che ci sta tutta sul carretto del cenciaiolo.

Fagiolino, che era il figlio del cenciaiolo, scappò subito a casa e tornò di lí a poco col carretto.

– Qua sopra? – domandò Zucchina, preoccupato che la sua casetta potesse andare in pezzi.

– Ci starà benissimo, – sentenziò Cipollino.

– E dove la portiamo?

– Si potrebbe, – propose Mastro Uvetta, – si potrebbe nasconderla nella mia cantina, per intanto. Poi si starà a vedere.

– E se Pomodoro lo viene a sapere?

Tutti guardarono dalla parte del sor Pisello, che passava di lí fingendo di essere in un altro posto. L'avvocato arrossí e si affrettò a giurare e spergiurare:

– Da me Pomodoro non saprà mai nulla. Io non sono una spia, sono un avvocato.

– In cantina sarà umido: la casa potrebbe sciuparsi, – obiettò timidamente il sor Zucchina. – Perché non la nascondiamo nel bosco?

– E chi la custodirà? – domandò Cipollino.

– Io conosco un tale, – disse Pero Pera, – che abita nel bosco, il sor Mirtillo. Si potrebbe provare ad affidargli la casa per qualche tempo. Poi si vedrà.

Decisero di provare. In tre minuti la casina fu caricata

sul carretto del cenciaiolo: il sor Zucchina la salutò con un ultimo sospiro e andò a riposarsi di tante emozioni a casa della sora Zucca, che era sua nipote.

Cipollino, Fagiolino e il professore si diressero verso il bosco, spingendo il carretto senza nemmeno fare troppa fatica: la casetta non pesava piú di una gabbia per i passeri.

Il sor Mirtillo abitava in un riccio di castagna dell'anno prima: un bel riccio grosso e spinoso, dove il sor Mirtillo ci stava comodissimo, lui e le sue ricchezze, che consistevano in una mezza forbice, una lametta per la barba, un ago con una gugliata di cotone e una crosta di formaggio.

Appena ebbe sentito la proposta si spaventò moltissimo: l'idea di abitare in una casa cosí grande gli dava i brividi.

– Non accetterò mai, non è possibile. Che cosa me ne faccio di un palazzo come quello? Io sto bene nel mio riccio. Sapete come dice il proverbio? Sto nel mio riccio e non me ne impiccio.

Però quando ebbe sentito che si trattava di fare un piacere al sor Zucchina, accettò di buon cuore:

– Ho sempre avuto simpatia per quell'ometto. Una volta l'ho avvisato che un bruco gli camminava sulla schiena: capirete, gli ho quasi salvato la vita.

La casina fu sistemata accanto al tronco di una quercia: Cipollino, Fagiolino e Pero Pera aiutarono il sor Mirtillo a trasportarvi tutte le sue ricchezze, poi se ne andarono, promettendogli di tornare presto con buone notizie.

Appena rimasto solo, il sor Mirtillo cominciò ad aver paura dei ladri.

« Adesso che ho una grande casa, – si diceva, – verranno certamente a derubarmi. Chissà, forse mi ammazzeranno nel sonno, sospettando che io nasconda chissà quali tesori ».

Pensa e pensa, decise di mettere un campanello sulla porta e sotto il campanello un cartellino sul quale scrisse, in stampatello, queste parole:

I SIGNORI LADRI SONO PREGATI DI SUONARE QUESTO CAMPANELLO. SARANNO FATTI ACCOMODARE E VEDRANNO CON I LORO OCCHI CHE QUI NON C'È NIENTE DA RUBARE.

Una volta scritto il cartello, si sentí piú tranquillo e, essendo già tramontato il sole, andò a dormire.

Verso la mezzanotte fu svegliato da una scampanellata.

– Chi va là? – domandò, affacciandosi al finestrino.

– Siamo i ladri, – rispose un vocione.

– Vengo subito, abbiano pazienza che mi infilo la vestaglia, – fece il sor Mirtillo, premuroso.

Si infilò la vestaglia, andò ad aprire la porta e li invitò a guardare in tutta la casa. I ladri erano due giganti grandi e grossi, con certe barbacce scure che facevano paura. Cacciarono la testa in casa – uno per volta, per non darsi le zuccate – e si convinsero presto che non c'era niente da portar via.

– Avete visto, signori? Avete visto? – gongolava il sor Mirtillo, fregandosi le mani.

– Già... già... – grugnirono i due ladri, piuttosto scontenti.

– Dispiace anche a me, mi credano, – continuò Mirtillo. – Intanto, se posso favorirli in qualche cosa... Vogliono farsi la barba? Ho una lametta, qui. Un po' vecchia, si capisce: è un'eredità del mio bisnonno. Ma credo che tagli ancora.

I due ladri accettarono. Si tagliarono alla meglio la barba con la lametta arrugginita e se ne andarono con

molti ringraziamenti. In fondo erano due brave persone: chissà perché facevano il ladro di mestiere!

Il sor Mirtillo tornò a letto e si riaddormentò.

Verso le due di notte fu svegliato una seconda volta da una scampanellata. C'erano altri due ladri, e lui li fece entrare: a turno, si capisce, per non sfondare la casa. Questi non avevano la barba, però uno di loro aveva perso tutti i bottoni della giacca: il sor Mirtillo gli regalò l'ago e il filo e gli raccomandò di guardare sempre per terra quando andava in giro.

– Sapete, a guardare in terra si trovano tanti bottoni, – spiegò.

E anche quei ladri se ne andarono per i fatti loro.

Cosí ogni notte il sor Mirtillo era svegliato dai ladri, che suonavano il campanello, gli facevano una visita e se ne andavano senza bottino, ma contenti di aver conosciuto una persona tanto gentile.

Capitolo VI

Il barone Melarancia,
con Fagiolone porta-pancia

È tempo ormai che diamo un'occhiata al Castello delle
Contesse del Ciliegio, le quali, come avrete già capito,
erano le padrone di tutto il villaggio, delle case, della terra,
della chiesa e del campanile.

Il giorno che Cipollino fece trasportare nel bosco la casa
del sor Zucchina, al Castello c'era una gran confusione,
perché erano arrivati i parenti.

Ne erano arrivati esattamente due: il barone Melarancia
e il duchino Mandarino. Il barone Melarancia era cugino
del povero marito di Donna Prima. Il duchino Mandarino, invece, era cugino del povero marito di Donna Seconda. Il barone Melarancia aveva una pancia fuori del
comune: cosa logica, del resto, perché non faceva altro
che mangiare dalla mattina alla sera e dalla sera alla mattina, frenando le mascelle solo qualche oretta per fare un
pisolino.

Quando era giovane, il barone Melarancia dormiva tutta
la notte, per digerire quello che aveva mangiato di giorno,
ma poi si era detto:

« Dormire è tutto tempo perso: mentre dormo, infatti,
non posso mangiare ».

E cosí aveva deciso di mangiare anche di notte e di ri-
durre a un'ora il tempo destinato alla digestione. Da tutti
i suoi possedimenti, che erano molti e sparsi in tutta la
provincia, partivano continuamente carovane cariche di
cibarie di ogni genere per saziare la sua fame. I poveri
contadini non sapevano piú cosa mandargli: uova, polli
e tacchini, ovini, bovini e suini, frutta, latte e latticini,
il Barone mangiava tutto quanto in un momento. Aveva
due servitori incaricati di ficcargli in bocca quel che arrivava, e altri due che davano il cambio ai primi quando
erano stanchi.

Alla fine i contadini gli mandarono a dire che non c'era
piú niente da mangiare.

– Mandatemi gli alberi! – ordinò il Barone.

I contadini gli mandarono gli alberi, e lui mangiò anche
quelli, con le foglie e le radici, intingendoli crudi nell'olio
e nel sale.

Quando ebbe finito gli alberi, cominciò a vendere le sue terre e con il rica-
vato comprava altra roba mangereccia.
Quando ebbe venduto le terre e fu diventato povero in canna, scrisse una
lettera alla Contessa Donna Prima e
si fece invitare al Castello.

Donna Seconda, a dire la verità,
non era tanto contenta:

– Il Barone darà fondo alle
nostre ricchezze: si mangerà il nostro Castello fino
ai comignoli.

Donna Prima co-
minciò a piangere:

– Tu non vuoi

ricevere i miei parenti. Povero baroncino, tu non gli vuoi bene.

– D'accordo, – disse allora Donna Seconda, – invita pure il Barone. Io inviterò il duchino Mandarino, cugino del mio povero marito.

– Invitalo pure, – rispose sprezzante Donna Prima, – quello non mangia nemmeno quanto un pulcino. Il tuo povero marito, pace al suo nocciolo, aveva parenti piccoli e magri, che quasi non si vedono a occhio nudo. Il mio povero marito invece, pace al suo nocciolone, aveva parenti grandi e grossi, visibili a grande distanza.

Il barone Melarancia era davvero visibile a grande di-

stanza: a distanza di un chilometro si poteva scambiarlo per una collina.

Si dovette subito provvedere per un aiutante che lo aiutasse a portare la pancia, perché da solo non ce la faceva piú. Pomodoro mandò a chiamare il cenciaiolo del paese, ossia Fagiolone, perché portasse il suo carretto. Fagiolone non trovò il carretto, perché lo aveva preso suo figlio Fagiolino, come sapete, e cosí si portò dietro una carriola a mano, di quelle che adoperano i muratori per portare la calcina.

Pomodoro diede una mano al Barone a sistemare la sua pancia dentro la carriola, poi gridò:

– Arrí, là!

Fagiolone afferrò le stanghe della carriola e tirò con tutte le sue forze, ma non la spostò di un centimetro.

Furono chiamati altri due servitori e tutti insieme riuscirono a far fare al Barone una passeggiata nei viali del Castello. Da principio non stavano attenti ai sassi: la ruota della carriola andava a cercare i sassi piú grossi e puntuti del viale, come se lo facesse apposta, e il povero Barone riceveva nella pancia certi colpi che lo facevano sudare.

– State attenti ai sassi! – si raccomandava giungendo le mani.

Fagiolone e i due servitori stavano attenti ai sassi e la carriola andava a finire nelle buche.

– State attenti alle buche, per l'amor del cielo! – supplicava il Barone.

Mentre lo portavano a spasso, però, non dimenticava la sua occupazione preferita e sgranocchiava un tacchino arrosto che Donna Prima gli aveva fatto preparare come antipasto.

Anche il duchino Mandarino diede un bel da fare al Castello.

42

La povera Fragoletta – cameriera personale di Donna Seconda – non finiva mai di stirargli le camicie. Quando gliele riportava, il Duchino torceva il naso, si metteva a piangere e balzava in cima all'armadio, gridando:

– Aiuto! Aiuto!

Accorreva Donna Seconda con le mani nei capelli:

– Mandarino, che cosa ti fanno?

– Non mi stirano bene le camicie, e io voglio morire!

Per convincerlo a restare in vita Donna Seconda gli regalò tutte le camicie di seta del suo povero marito.

Il duchino Mandarino saltò giú dall'armadio e cominciò a provarsi le camicie.

Dopo un poco lo si udí nuovamente gridare:

– Aiuto! Aiuto!

Donna Seconda accorse con il batticuore:

– Cugino Mandarino, che cosa ti fanno?

– Ho perso il bottone del colletto e non voglio piú stare al mondo!

Questa volta si era arrampicato in cima allo specchio e minacciava di buttarsi a capofitto sul pavimento.

Per farlo chetare Donna Seconda gli regalò tutti i bottoni del suo povero marito, che erano d'oro, d'argento e di pietre preziose.

Prima di sera, Donna Seconda non aveva piú gioielli, il duchino Mandarino aveva ammassato parecchi bauli di roba e si fregava le mani soddisfatto.

Le Contesse cominciavano a essere molto preoccupate per quei loro parenti cosí voraci, e sfogavano l'irritazione sul povero Ciliegino, il loro nipotino, orfano di padre e di madre.

– Mangiapane a tradimento! – lo sgridava Donna Prima, – vai subito a fare i compiti.

– Li ho già fatti.

– Fanne degli altri! – ordinava severamente Donna Seconda.

Ciliegino, ubbidiente, andava a fare degli altri compiti: ogni giorno ne faceva dei quaderni interi, in una settimana ne faceva una montagna di quaderni.

Quel giorno, le Contesse non finivano mai di fargli fare dei nuovi compiti.

– Che cosa fai in giro, bighellone?

– Vorrei fare una passeggiata nel parco.

– Nel parco ci passeggia il barone Melarancia, non c'è posto per i fannulloni come te. Va' subito a studiare la lezione.

– L'ho già studiata.

– Studiane un'altra.

Ciliegino, ubbidiente, andò a studiare un'altra lezione: ogni giorno ne studiava centinaia e centinaia. Aveva già letto tutti i libri della biblioteca del Castello.

Ma se le Contesse lo vedevano con in mano un libro subito prendevano a sgridarlo:

– Posa quei libri, incosciente. Non vedi che li consumi?

– Ma come posso studiare le lezioni senza toccare i libri?

– Studiale a memoria.

Ciliegino si chiudeva in camera sua e studiava, studiava, studiava. Sempre senza libri, si capisce. Aveva tutto nel cervello e continuava a pensare nuove cose. A pensare gli veniva il mal di testa e le Contesse lo sgridavano:

– Sei sempre ammalato perché pensi troppo. Non pensare e ci farai risparmiare i soldi delle medicine.

Insomma, tutto quello che faceva Ciliegino per le Contesse era malfatto.

Ciliegino non sapeva da che parte voltarsi per non prendersi dei rabbuffi e si sentiva veramente infelice.

In tutto il Castello aveva un solo amico, ed era Fragoletta, la servetta di Donna Seconda. Fragoletta aveva compassione di quel povero piccolo ragazzo con gli occhiali, a cui nessuno voleva bene: era gentile con lui e di sera, quando andava a letto, gli portava qualche pezzo di dolce. Ma quella sera, a tavola, il dolce se lo mangiò il barone Melarancia.

Il duchino Mandarino ne voleva un pezzo anche lui. Per farselo dare saltò in cima alla credenza e cominciò a strillare:

– Aiuto! Aiuto! Tenetemi, se no mi butto!

Ma ebbe un bello strillare: il Barone mandò giú il dolce intero senza dargli retta.

Donna Seconda, in ginocchio davanti alla credenza, pregava il suo cuginetto di non ammazzarsi. Per convincerlo a scendere a terra gli doveva promettere qualcosa, ma non aveva piú niente.

Del resto, quando comprese che non c'era piú niente da arraffare, il duchino Mandarino calò a terra da solo, sbuffando.

Proprio in quel momento Pomodoro fu avvertito che la casa del sor Zucchina era scomparsa. Il Cavaliere non ci pensò su due volte: mandò un messaggio al Governatore e gli chiese in prestito una ventina di poliziotti, ossia di Limoncini.

**

I Limoncini arrivarono il giorno dopo e fecero piazza pulita.

Questo vuol dire che fecero il giro del paese e arrestarono tutti quelli che trovarono.

Arrestarono Mastro Uvetta, naturalmente. Il ciabattino prese la lesina per grattarsi la testa e li seguí brontolando. I Limoncini gli sequestrarono la lesina.

– Non potete portare armi con voi, – dissero severamente a Mastro Uvetta.

– E io con che cosa mi gratto?

– Quando vi volete grattare, avvisate il comandante e ci penserà lui.

Cosí Mastro Uvetta, quando aveva bisogno di grattarsi la testa per riflettere, avvisava il comandante dei Limoncini e subito un Limoncino gli grattava la testa con la sciabola.

Anche il professor Pero Pera fu arrestato: gli lasciarono prendere solo il violino e una candela.

– Che cosa ne volete fare della candela?

– Mia moglie me l'ha messa in tasca, perché dice che le prigioni del Castello sono molto scure.

Insomma, furono arrestati tutti gli abitanti del villaggio, eccetto il sor Pisello, perché era un avvocato, e Pirro Porro, perché non lo trovarono.

Pirro Porro non si era mica nascosto, anzi: se ne stava tranquillo sul balcone, con i baffi tirati dalle due parti, e sui baffi il bucato steso ad asciugare. Le guardie lo scambiarono per un palo e non gli badarono.

Zucchina seguí i Limoncini sospirando secondo il suo solito.

– Perché sospirate tanto? – gli domandò severamente il comandante.

– Perché ho tanti sospiri. Ho lavorato tutta la vita e ogni giorno ne mettevo da parte una dozzina: adesso ne ho migliaia e migliaia e bisogna pure che li adoperi.

Fra le donne, fu arrestata solamente la sora Zucca: e siccome si rifiutava di camminare, le guardie la rovesciarono e la fecero rotolare fin sulla porta della prigione. Era cosí rotonda.

Siccome erano molto furbi, i Limoncini non arrestarono

nemmeno Cipollino, che se ne stava tranquillo seduto sul muricciolo a vederli passare, in compagnia di una bambina qualunque, che si chiamava Ravanella.

I Limoncini domandarono proprio a loro se avessero visto da quelle parti un pericoloso malandrino di nome Cipollino.

Essi risposero che l'avevano visto nascondersi sotto il berretto del comandante e scapparono sghignazzando.

Quel giorno stesso, però, andarono a fare un giro d'ispezione al Castello, per sapere che ne era stato dei prigionieri.

Capitolo VII

Ciliegino, per una volta, a don Prezzemolo si rivolta

Il Castello era un po' in cima alla collina ed era circondato da un gran parco. C'era un cartello che da una parte diceva: « Vietato l'ingresso », e dall'altra parte diceva invece: « Vietata l'uscita ».

Una parte era destinata ai ragazzi del villaggio, perché non gli venisse la tentazione di scavalcare l'inferriata per andare a giocare sotto gli alberi del parco; l'altra era per Ciliegino, perché non gli venisse la tentazione di scappare nel villaggio a imbrancarsi con i figli dei poveri.

Ciliegino passeggiava solo soletto, stando bene attento a non calpestare le aiuole e a non rovinare i fiori. Difatti il suo precettore, don Prezzemolo, aveva fatto mettere dappertutto dei cartelli, su cui c'era scritto quello che Ciliegino poteva fare e quello che non poteva fare.

Per esempio, vicino alla vasca dei pesci rossi c'era questo cartello:

È vietato a Ciliegino mettere le mani nella vasca.

E c'era anche quest'altro:

È vietato ai pesci rivolgere la parola a Ciliegino.

In mezzo alle aiuole fiorite c'erano cartelli come questo:

Ciliegino non deve toccare i fiori, altrimenti resterà senza frutta.

Oppure, come questo:

Guai a Ciliegino se calpesta l'erba dovrà scrivere duemila volte: io sono un ragazzo bene educato.

Questi cartelli erano un'idea di don Prezzemolo, che non era un prete, ma il precettore di Ciliegino. Il nostro Visconte aveva chiesto alle nobili zie il permesso di andare alla scuola del villaggio, insieme a tutti i ragazzi che vedeva andare e tornare dalla scuola, agitando gloriosamente le cartelle come bandiere. Ma Donna Prima era inorridita:

– Un Conte del Ciliegio nello stesso banco di un contadino? Giammai!

Donna Seconda aveva ribadito:

– I pantaloni di un Conte del Ciliegio sul legno di un volgare banco di scuola? Non sarà mai!

Cosí era stato affittato un maestro privato, per l'appunto don Prezzemolo, chiamato a quel modo perché saltava sempre fuori da tutte le parti.

Se Ciliegino, nel fare il compito, osservava una mosca che era entrata in una macchia d'inchiostro e voleva imparare a scrivere, saltava fuori da chissà dove don Prezzemolo, si soffiava il naso in un fazzolettone a quadri rossi e azzurri e cominciava:

– Guai a quei ragazzi che guardano le mosche! Si comincia sempre cosí. Poi una mosca tira l'altra, si comincia a guardare anche il ragno, poi il gatto, poi tutti gli altri animali e ci si dimentica di studiare la lezione. Chi non studia la lezione non può diventare un bravo bambino. Chi non diventa un bravo bambino non diventa un brav'uomo. E chi non è un brav'uomo va in prigione. Ciliegino, se non vuoi finire in prigione, smettila di guardare quella mosca.

Se Ciliegino apriva il suo albo per disegnare qualche bella figura, saltava fuori chissà da dove don Prezzemolo, si soffiava il naso e cominciava:

– Guai a quei ragazzi che perdono il tempo a disegnare le belle figure. Che cosa potranno diventare da grandi? Al piú al piú degli imbianchini, cioè persone sudice e malvestite che girano giorno e notte a insudiciare i muri e perciò finiscono in prigione come si meritano. Ciliegino, vuoi tu finire in prigione?

Per paura della prigione, Ciliegino non sapeva a che santo votarsi.

Per fortuna qualche volta don Prezzemolo non poteva saltar fuori da nessuna parte, perché era andato a fare un pisolino o perché indugiava a tavola a discorrere con la bottiglia. In quei pochi istanti Ciliegino era finalmente libero. Don Prezzemolo se ne rese conto, e fece mettere tutti quei cartelli di cui ho parlato: con questo sistema, poteva dormire un'oretta di piú, sicuro che intanto il suo pupillo non perdeva tempo e, passeggiando per il parco, imparava utili lezioni.

Ma Ciliegino, quando passava vicino ai cartelli, si toglieva gli occhiali, cosí non vedeva quel che c'era scritto e poteva continuare tranquillamente a pensare ai casi suoi.

Mentre dunque Ciliegino passeggiava nel parco, si sentí chiamare da due voci squillanti come campanelli.

– Signor Visconte! Signor Visconte!

Si mise gli occhiali e vide un ragazzo della sua età, piuttosto mal vestito ma dal viso chiaro e simpatico, e una ragazzina di forse dieci anni, coi capelli raccolti in un codino che le stava sempre in piedi sulla testa.

Ciliegino si inchinò cerimoniosamente e disse:

– Buongiorno, signori. Io non ho l'onore di conoscerli, ma farei volentieri la loro conoscenza.

– Allora perché non vieni piú vicino?

– Non posso. Don Prezzemolo non vuole che io parli con i ragazzi del villaggio.

– Ma ormai abbiamo già parlato.

– Quand'è cosí, vengo subito.

Ciliegino era timido e bene educato, ma nei momenti decisivi sapeva prendere decisioni eroiche. Entrò decisamente nell'erba, calpestandola con tutta la forza delle sue gambette e si avvicinò all'inferriata.

– Io mi chiamo Ravanella, – si presentò la bambina. – E questo è Cipollino.

– Molto piacere, signorina. Molto piacere, signor Cipollino. Ho già sentito parlare di lei dal Cavalier Pomodoro.

– Ecco uno che mi mangerebbe senza neanche condirmi.

– Proprio cosí. Appunto per questo mi sono figurato che lei doveva essere una simpaticissima persona. E vedo che non mi sono sbagliato.

Cipollino sorrise:

– Benissimo. Allora perché stai facendo tanti salamelecchi e mi dai del lei come se fossi un vecchio cortigiano in parrucca? Diamoci del tu.

Ciliegino si ricordò improvvisamente di un cartello che stava sulla porta del pollaio, e dove don Prezzemolo aveva fatto scrivere: «Non si deve dar del tu a nessuno», perché aveva sorpreso una volta Ciliegino a conversare confidenzialmente con le galline. Tuttavia decise di passar sopra anche a quel cartello, com'era passato sopra l'erba e rispose:

– D'accordo. Diamoci del tu. Chissà come gli fischieranno le orecchie, a don Prezzemolo.

Risero tutti e tre allegramente. Sulle prime Ciliegino rideva appena appena con un angolo della bocca, ricordandosi di un cartello di don Prezzemolo che diceva: «È vietato ridere il lunedí, il martedí, il mercoledí, il giovedí, il venerdí, il sabato e la domenica ». Ma poi, vedendo Cipollino e Ravanella che ridevano senza ritegno, si lasciò andare e rise a pieni polmoni.

Una risata cosí lunga e cosí allegra, al Castello del Ciliegio non si era mai sentita. Le nobili Contesse, in quel momento, sedevano nella veranda a bere il tè.

Donna Prima udí la risata e osservò:

– Sento uno strano rumore.

Donna Seconda accennò col capo:

– Lo sento anch'io. Dev'essere la pioggia.

– Ti faccio notare che non piove affatto, – disse Donna Prima, con aria sentenziosa.

– Se non piove, pioverà, – ribatté Donna Seconda con decisione, alzando il capo per trovare conferma nel cielo. Il cielo però era limpido come se fosse stato scopato e lavato dalla nettezza urbana cinque minuti prima: non si vedeva una nuvola per scommessa.

– Io dico che è la fontana, – ricominciò Donna Prima.

– La fontana non può essere: è rotta e non dà acqua.

– Si vede che il giardiniere l'ha riparata.

Ma il giardiniere non si era nemmeno accorto che la fontana era rotta.

Anche Pomodoro aveva udito quello strano rumore, e non era per niente tranquillo.

« Nelle prigioni del Castello, – pensava, – ci sono molti prigionieri. Bisogna vigilare, se non vogliamo avere sorprese ».

Decise di fare un giretto d'ispezione nel parco e dietro il Castello, dove passava la strada del villaggio, scoprí i tre ragazzi in allegra conversazione.

Se il cielo si fosse aperto, e gli angeli fossero rotolati giú l'uno sull'altro, la sorpresa di Pomodoro non sarebbe stata maggiore. Ciliegino che calpestava l'erba! Ciliegino che parlava con due straccioni!

Vietato
Parlare

Vietato
Ridere

In uno di quei due straccioni, poi, Pomodoro ravvisò addirittura il monello che lo aveva fatto piangere abbondantemente. Montò in furore e diventò cosí rosso che se fossero passati di lí i pompieri avrebbero dato mano alle pompe per spegnerlo.

– Signor Visconte! – chiamò con voce terribile.

Ciliegino si volse, impallidí, si strinse all'inferriata.

– Amici, – bisbigliò, – scappate, prima che Pomodoro possa farvi del male.

Cipollino e Ravanella scapparono, senza smettere di ridere.

– Per questa volta, – osservò Ravanella, – la nostra spedizione non è riuscita.

Ma Cipollino non la pensava cosí: – E chi te l'ha detto? Abbiamo conquistato un amico, e questo non è poco.

Il loro nuovo amico, intanto, si preparava a subire le lavate di capo di Pomodoro, di don Prezzemolo, di Donna Prima, di Donna Seconda e di tutto il parentado. Il povero ragazzo si sentiva infelice come non mai.

Per la prima volta egli aveva trovato due amici, per la prima volta in vita sua aveva riso di cuore, ed ecco che doveva perdere tutto di nuovo: Cipollino e Ravanella erano scappati giú per la collina e forse non li avrebbe piú rivisti. Quanto avrebbe dato per essere con loro, là fuori, dove non c'erano cartelli, dove si potevano calpestare i prati e cogliere i fiori!

Per la prima volta nel cuore di Ciliegino c'era quella cosa strana e terribile che si chiama dolore. Era una cosa troppo grande per lui, e Ciliegino sentí che non l'avrebbe potuta sopportare. Si gettò a terra e cominciò a singhiozzare disperatamente.

Pomodoro lo raccolse, se lo mise sotto il braccio come un fagotello, e si avviò su per il viale.

Capitolo VIII

O che brutta malattia
essere senza compagnia!

Ciliegino continuò a piangere per tutta la sera. Il duchino Mandarino lo scherniva crudelmente:
– Ti consumerai tutto in lacrime, – egli diceva, – non resterà neanche il nocciolo.
Il barone Melarancia, come certi grassi molto grassi, aveva qualche cosa di dolce in fondo al cuore. Per consolare Ciliegino gli offrí addirittura un pezzetto della sua torta. Mica tanto, però: un cucchiaino, ecco. Ma conoscendo il vizio del Barone, quella generosità non era da disprezzare.
Le Contesse invece erano inviperite:
– Nostro nipote doveva scegliere di suonare il piffero, – osservava Donna Prima.
– Sarebbe riuscito benissimo anche senza il piffero a fare un ottimo concerto, – rincarava Donna Seconda.
– Domani, – minacciava don Prezzemolo, – domani ti farò scrivere tremila volte: « Non devo piangere a tavola perché disturbo la digestione ai miei commensali ».
Quando però fu chiaro che Ciliegino non avrebbe smesso di piangere, lo mandarono a letto.
Fragoletta fece del suo meglio per consolare il povero

Visconte, ma non c'era verso. La ragazza si commosse tanto che cominciò a piangere pure lei.

– Smetti subito di piangere, – ordinò Donna Prima, – altrimenti ti licenzio.

Per farla breve, Ciliegino si ammalò gravemente. Aveva un febbrone che faceva tremare i vetri.

Nel delirio chiamava continuamente:

– Cipollino! Cipollino!

Pomodoro fece osservare che certamente il ragazzo era stato spaventato dal pericoloso delinquente che circolava nella zona.

– Domani lo farò arrestare, – disse al malato, per confortarlo.

– No, no, per favore! Arrestate me, gettatemi in fondo alla prigione, ma non arrestate Cipollino. Cipollino è buono. Cipollino è il mio unico amico.

Don Prezzemolo si soffiò il naso:

– Il ragazzo sta delirando. Il caso è molto grave.

Mandarono a chiamare i medici piú famosi.

Venne prima il dottor Fungosecco e ordinò un decotto di funghi secchi. Ma il decotto non fece nessun effetto. Anzi, il dottor Nespolino fece osservare che i funghi erano molto pericolosi per quel genere di malattia, e che sarebbe stato meglio un impacco di sugo di nespole del Giappone.

Col sugo delle nespole del Giappone imbrattarono le lenzuola, ma Ciliegino non dava segni di miglioramento.

– Secondo me, – sentenziò il dottor Carciofo, – bisognerebbe fare una medicazione a base di carciofi crudi.

– Con le spine? – domandò Fragoletta spaventata.

– Per forza, altrimenti non fa effetto.

Medicarono Ciliegino con i carciofi crudi, appena colti: il povero ragazzo saltava per le punture come se lo scorticassero.

– Vedete? – disse lietamente il dottor Carciofo, – il
signor Visconte manifesta una maggiore vivacità. Continuate nella cura.

– Tutto sbagliato, – esclamò il professor Delle Lat-
tughe, inorridendo. – Chi è quel somaro che ha or-
dinato una cura di carciofi? Provate piuttosto
con la lattuga.

Fragoletta mandò a chiamare in segreto il dottore dei poveri, ossia il dottor
Marrone, che abitava nei boschi, sotto

un castagno. Lo chiamavano il dottore dei poveri perché ordinava pochissime medicine, e quelle poche le pagava lui di tasca sua.

Quando il dottor Marrone si presentò alla porta del Castello, i servitori volevano mandarlo via perché era arrivato senza carrozza.

– Un dottore senza carrozza, – essi dicevano, – è un dottore senza medicina.

Ma proprio in quel momento sbucò fuori don Prezzemolo, che come sapete si trovava sempre dappertutto e, tanto per dire il contrario degli altri, ordinò che lo lasciassero passare.

Il dottor Marrone visitò il malato di sotto e di sopra, gli guardò la lingua e gli occhi, gli tastò il polso, gli fece qualche domanda a bassa voce, poi si lavò le mani e disse soltanto:

– O che brutta malattia
esser senza compagnia.

– Che cosa volete insinuare? – domandò bruscamente il Cavalier Pomodoro.

– Io non insinuo nulla, io dico la verità, se la volete sentire. Questo ragazzo non ha nulla. Ha un po' di malinconia.

– Che malattia è? – domandò Donna Prima che non l'aveva mai avuta. Donna Prima, infatti, aveva un debole per le malattie: quando ne sentiva nominare una nuova se la faceva subito venire per provarla. Del resto era tanto ricca che la spesa delle medicine non le importava nulla.

– Non è una malattia, signora Contessa. È una tristezza. Il ragazzo ha bisogno di compagnia. Perché non lo mandate a giocare qualche volta con gli altri ragazzi?

Non l'avesse mai detto: si levò un coro di proteste. Il povero dottore fu coperto d'insulti.

– Se ne vada, – ordinò Pomodoro, – se ne vada prima che lo faccia cacciare fuori dai miei servi.

– E si vergogni, – aggiunse Donna Seconda, – si vergogni di aver abusato della nostra fiducia. Lei si è introdotto nella nostra casa con l'inganno. Se io volessi potrei farla denunciare per violazione di domicilio: non è vero, avvocato?

E si volse per chiedere il parere del sor Pisello, che quando c'era bisogno di un suo parere era sempre presente.

– Certamente, signora Contessa.

E tratto il suo taccuino segnò subito, nel conto delle Contesse del Ciliegio: « Parere circa la denuncia del dottor Marrone per violazione di domicilio, lire cinquantamila ».

Avendo cosí guadagnato la sua giornata, si affrettò a togliere l'incomodo.

Capitolo IX

Topo-in-capo perde il decoro, mentre esulta Pomodoro

Sarete certamente curiosi di avere notizie dei prigionieri, ossia del sor Zucchina, del professor Pero Pera, di Mastro Uvetta, della sora Zucca e degli altri abitanti del villaggio che Pomodoro aveva fatti arrestare e gettare nei sotterranei del Castello.

Per fortuna Pero Pera aveva portato quel pezzetto di candela, perché i sotterranei erano scuri scuri e pieni di topi. Per tenerli lontani il professore cominciò a suonare il violino. Ma egli era di temperamento malinconico e suonava solamente canzoni tristi, che facevano venir voglia di piangere. Mastro Uvetta pregò il professore di smetterla con quella lagna.

I topi, potete figurarvi, appena tornato il silenzio marciarono all'attacco su tre colonne. Il Topo-in-capo ordinò la manovra:

– La prima colonna convergerà da sinistra sulla candela e se ne impadronirà. Ma guai a voi se la rovinate: i denti per il primo ce li devo mettere io che sono il generale. La seconda colonna marcerà sul violino: è fatto con una mezza pera, e dev'essere squisito. La terza colonna avanzerà frontalmente e avrà il compito di distrarre il nemico.

I capitani delle tre colonne spiegarono il loro compito ai singoli topi di fanteria. Il Topo-in-capo prese posto sul carro armato, ossia su una vecchia tegola sbrecciata, adagiata sulla pancia di un topone che altri dieci topi tiravano per la coda. I trombettieri suonarono la carica e in pochi minuti la battaglia era decisa: Pero Pera riuscí a salvare il violino, sollevandolo al di sopra della mischia, ma la candela fu espugnata e i nostri amici rimasero al buio.

Il sor Zucchina non si dava pace:

– Tutto per colpa mia!

– E perché mai sarebbe colpa vostra? – borbottò Mastro Uvetta.

– Se io non mi fossi ostinato a voler quella casa, non ci troveremmo nei guai.

– Ma state un po' zitto, – esclamò la sora Zucca. – Non siete mica voi che ci avete messo in prigione.

– Io sono vecchio, che cosa me ne faccio di una casa, – piagnucolava Zucchina. – Posso andare ad abitare sotto una panchina ai giardini pubblici, là non darò fastidio a nessuno. Amici, per favore, chiamate le guardie e dite loro che regalerò la casina a Pomodoro e gli dirò anche dove può andarla a prendere.

– Tu non gli dirai un bel niente, – sbottò Mastro Uvetta.

Il professor Pero Pera pizzicò tristemente una corda del suo violino:

– Si metterebbe nei pasticci anche il sor Mirtillo.

– Sst! – fece la sora Zucca, – niente nomi. Qui anche i muri hanno orecchie.

Si guardavano in giro, spaventati, ma senza la candela era cosí buio che non poterono vedere se la prigione avesse davvero le orecchie.

E invece le aveva. Ne aveva uno solo, per la verità: un

orecchio rotondo, dal quale partiva un tubo, una specie di telefono segreto, che portava tutte le parole che si dicevano in cella dritto dritto nella camera del Cavalier Pomodoro. Per fortuna in quel momento Pomodoro non era in ascolto, perché aveva troppo da fare al capezzale di Ciliegino.

Nel silenzio che seguí, si sentirono degli squilli di tromba. I topi tornavano all'attacco, piú che mai decisi a conquistare il violino di Pero Pera.

Per spaventarli, il professore si accinse a suonare: appoggiò lo strumento alla spalla, brandí l'archetto con aria ispirata e tutti trattennero il fiato. Lo tennero per un bel pezzo, ma poi lo lasciarono e si decisero a respirare, perché dallo strumento non usciva alcun suono.

– Qualcosa che non va? – domandò Mastro Uvetta.

– I topi mi hanno mangiato l'archetto, – esclamò Pero Pera con le lacrime in gola.

L'avevano rosicchiato quasi tutto, lasciandone soltanto pochi centimetri.

Senza archetto non si poteva far musica e l'esercito dei topi avanzava, lanciando terribili strida di guerra.

– Tutto per colpa mia, – sospirava il sor Zucchina.

– Smettetela di sospirare e dateci una mano, – ordinò Mastro Uvetta, – o piuttosto, dal momento che sospirate cosí bene, provatevi anche a miagolare.

– Ho proprio voglia di miagolare, – si lamentò Zucchina. – Mi meraviglio di voi che siete una persona seria e vi mettete a scherzare in questa situazione.

Mastro Uvetta non gli rispose nemmeno e accennò un miagolio cosí bene imitato che l'esercito dei topi si arrestò.

– Miao, miao, – miagolava il ciabattino.

– Miao, miao, – gli faceva eco il professore, senza cessare di piangere per la fine ingloriosa del suo archetto.

– Per la venerata memoria di mio nonno Topazzo Terzo, re di tutte le cantine e di tutte le fogne: qui c'è un gatto, – esclamò il Topo-in-capo, frenando bruscamente il carro armato.

– Generale, siamo stati traditi, – gridò uno dei tre capitani giungendo di corsa. – Le mie truppe hanno avvistato una colonna di gatti soriani, armati di baffi e di artigli.

Le sue truppe non avevano visto un bel niente. Avevano solamente avuto paura, ma la paura fa vedere anche quello che non c'è.

– Miao, miao, – miagolavano disperatamente i nostri prigionieri.

Il Topo-in-capo si lisciò la coda, come faceva sempre quando era preoccupato, tanto che la coda era tutta consumata.

– Giuro sulla memoria del mio trisavolo Topazzo Primo, Imperatore di tutti i granai, che i traditori la pagheranno. Intanto, suonate la ritirata.

I capitani non se lo fecero ripetere. Le trombe suonarono la ritirata e l'intero esercito si ritirò piú in fretta che poté, con in testa il Topo-in-capo.

I nostri stavano ancora congratulandosi per la bella vittoria, quando si udí una vocina che chiamava:

– Sor Zucchina! Sor Zucchina!

– Mi avete chiamato, professore?

– Io no, – rispose Pero Pera, – io non vi ho chiamato.

– Eppure, mi era sembrato.

– Sora Zucca, sora Zucca! – fece ancora la vocina.

La sora Zucca si rivolse a Mastro Uvetta:

– Mastro Uvetta, perché fate quella vocina?

– Ma cosa vi piglia? Io non faccio nessuna vocina. Mi sto grattando la testa, perché ho dentro un'idea che mi prude.

– Sono io, – continuò la vocina, – sono Fragoletta.

– E dove sei?

– Sono nella camera del Cavalier Pomodoro e vi sto parlando col suo telefono segreto. Mi sentite?

– Sí, ti sentiamo.

– Anch'io vi sento benissimo. Pomodoro sarà qui tra poco. Ho un messaggio per voi.

– Chi lo manda?

– Lo manda Cipollino. Dice che non dovete darvi pensiero, che troverà lui la maniera di farvi uscire di prigione. Non rivelate a Pomodoro il segreto della casina, non sottomettetevi: penserà lui a tutto.

Mastro Uvetta rispose:

– Non diremo niente e aspetteremo con fiducia. Però di' a Cipollino che faccia presto, perché qui siamo assediati dai topi e non sappiamo quanto tempo potremo resistere. E un'altra cosa: vedi se puoi procurarci una candela e dei fiammiferi. Quella che avevamo, i topi se la sono mangiata.

– Aspettate lí, torno subito.

– Certo che aspettiamo: dove vuoi che andiamo?

Dopo un poco si sentí nuovamente la voce di Fragoletta:

– Attenzione, ora vi mando giú la candela.

Difatti si udí un fruscio, poi qualcosa sbatté sul naso del sor Zucchina.

– Eccola, eccola – esclamò felice il pover'uomo.

In un pacchetto c'erano una bella candela di sego e una bustina di cerini.

– Grazie, Fragoletta.

– Addio, devo scappare perché sta arrivando Pomodoro.

Difatti Pomodoro entrava proprio in quel momento nella sua camera. Alla vista di Fragoletta che armeggiava

attorno al suo telefono segreto, il Cavaliere montò su tutte
le furie.

– Che cosa fai tu lí?

– Pulisco questa trappola.

– Quale trappola?

– Questa: non è una trappola per i topi?

Pomodoro tirò un sospiro di sollievo: « Meno male, – pensò, – è tanto stupida che ha scambiato il mio orecchio segreto per una trappola da topi ».

Si sentí subito piú allegro e regalò perfino a Fragoletta
la carta di una caramella.

– Ecco, per te, – disse generosamente, – succhia questa
cartina. È dolcissima: un anno fa c'era dentro una caramella al ratafià.

Fragoletta ringraziò il Cavaliere con un inchino, dicendo:

– In sette anni di servizio, questa è la terza carta di ca-
ramelle che Vossignoria mi regala.

– Vedi dunque, – rispose Pomodoro, – che io sono un buon padrone: comportati bene e ti troverai contenta.

– Chi si contenta gode, – concluse Fragoletta, e con un nuovo inchino scappò via per le sue faccende.

Pomodoro si fregò le mani, pensando:

« Ora mi metto in ascolto al mio telefono segreto. Parlando tra loro i prigionieri certamente si diranno cose molto interessanti, e forse verrò a sapere dove hanno nascosto quella maledetta casina ».

I prigionieri, invece, figurandosi che Pomodoro li stesse a sentire, cominciarono a parlare di lui e ne dissero di tutti i colori, di cotte, di crude e di cosí cosí.

Pomodoro avrebbe ben voluto gridare: « Ora vi aggiusto io ». Ma non voleva scoprirsi. Dovette accontentarsi di tappare la cornetta del suo telefono, dopo di che se ne andò a dormire.

Mastro Uvetta accese la candela nuova che faceva una luce allegra e confortante.

La loro contentezza però fu di breve durata. Infatti un topo di vedetta, data un'occhiata in giro, corse a riferire al comandante.

– Generale, – annunciò lietamente, – i gatti si sono ritirati. I prigionieri hanno una candela nuova.

Il Topo-in-capo inghiottí mezzo litro di acquolina e si leccò i baffi, dove era rimasto un poco di sapore di quell'altra candela.

– Fate suonare l'adunata, – ordinò seduta stante.

Quando l'esercito fu schierato, egli pronunciò un discorso infiammato:

– Miei prodi, la patria è in pericolo. Perciò affrettatevi al combattimento e portatemi quella candela. La candela naturalmente la mangerò io, ma prima ve la lascerò leccare un pochino a turno.

I topi gridarono d'entusiasmo, imbracciarono le armi e marciarono nuovamente all'attacco.

Stavolta, però, Mastro Uvetta era stato previdente e aveva appeso la candela in alto, dove c'era nel muro un piccolo vano tra due mattoni. Per quanti salti spiccassero, i topi non riuscirono a raggiungerla. I piú furbi si accontentarono di rosicchiare un poco il violino di Pero Pera, poi dovettero ritirarsi anche loro perché il Topo-in-capo, irritatissimo per l'insuccesso, voleva fare la decimazione.

Infatti, la fece. Mise tutti i topi in fila e fece tagliare i baffi a uno ogni dieci.

***

Quella sera, in giardino, ci fu consiglio di guerra.

Cipollino, Fragoletta e Ravanella si trovarono dietro una siepe per discutere la situazione, e discutevano con tanto calore che non si accorsero di nulla. Ossia, non si accorsero del cane Mastino, che mentre faceva il giro d'ispezione piombò loro addosso come una furia. Mastino non degnò di un'occhiata le due ragazze: si sedette tranquillamente sul petto di Cipollino e abbaiò fin che Pomodoro, destato dal fracasso, non venne a dargli man forte.

Figuratevi la gioia del Cavaliere: proprio dieci minuti prima aveva sognato di catturare Cipollino, e il suo sogno era diventato realtà. Se suo nonno in sogno gli avesse dato tre numeri buoni per il lotto, e il terno fosse uscito su tutte le ruote, non sarebbe stato cosí contento.

– Ti rinchiuderò nella fossa segreta, – annunciò a Cipollino, – la prigione semplice non è degna di te.

– Grazie, Cavaliere, – rispose Cipollino. – È un vero onore.

Capitolo X

Una Talpa esploratrice, con finale poco felice

Cipollino si svegliò in piena notte con l'impressione che qualcuno avesse bussato alla porta del sotterraneo. Tese le orecchie: nulla, non il sospiro di un topo. Stava già per riaddormentarsi quando il rumore che lo aveva svegliato si ripeté. Era un grattare sordo e continuo, non troppo distante.

— Qualcuno sta scavando una galleria, — concluse Cipollino dopo aver posto l'orecchio alla parete della fossa. Pochi istanti dopo dal muro si staccò del terriccio, poi un mattone cadde e dietro il mattone qualcuno o qualcosa saltò sul pavimento.

— Dove diavolo sono capitata? — cominciò a borbottare una voce piuttosto nasale.

— Nella fossa segreta, — rispose Cipollino, — ossia nella prigione piú scura del Castello. Mi scusi dunque se non posso riconoscerla e salutarla come si deve.

— Segreta? Scuro? Ma qui c'è una luce che abbaglia. E lei chi è, scusi? Se fosse un po' piú buio non avrei bisogno di chiederglielo, lo vedrei da sola.

— Ho capito, non può essere che la Talpa.

— Per l'appunto, — rispose la bestiola. — Era un pezzo che

68

volevo scavare in questa direzione, ma non ne avevo mai trovato il tempo. Sa, ho decine di chilometri di gallerie da sorvegliare, da ripulire. C'è sempre qualche infiltrazione d'acqua (e mi ci sono preso anche un raffreddore). Poi ci sono quei benedetti vermiciattoli che non sanno mai dove andare a battere il capo e non hanno nessun rispetto per il lavoro degli altri. Sicché, di settimana in settimana, avevo sempre rimandato. Ma questa mattina mi son detta: « Signora Talpa, se lei è una persona di giudizio e desiderosa di conoscere il mondo, è tempo che scavi proprio da quella parte là ». Cosí mi sono messa in cammino e...

Cipollino interruppe quella chiacchierata per presentarsi:

– Mi chiamo Cipollino e sono prigioniero del Cavalier Pomodoro.

– Oh non si preoccupi, – disse la Talpa, – la stavo riconoscendo dall'odore. Però la compiango sinceramente. Dover stare giorno e notte in un posto cosí chiaro dev'essere una tortura.

– Per i miei guai, è già un posto abbastanza scuro.

– Non lo dica nemmeno per ridere. La compiango sinceramente. Eh, il mondo è cattivo. Dico io: se volete mettere qualcuno in prigione, mettetelo almeno in un posto dove possa riposarsi la vista. Ma dal giorno in cui i cartaginesi hanno esposto Attilio Regolo ai raggi del sole, dopo avergli strappato le ciglia, l'umanità è diventata sempre piú crudele.

Cipollino comprese che non valeva la pena di fare una discussione sulla luce e sul buio con una talpa, che essendo abituata alle sue gallerie, ed essendo cieca per giunta, doveva avere sulla questione un parere molto diverso dal suo.

– Ammetto che la luce mi dà molta noia, – sospirò.

– Lo vede? Cosa dicevo? – La Talpa era tutta commossa. – Se lei non fosse tanto grande... – cominciò a dire.

– Io? Ma sono piccolissimo, gliel'assicuro. Potrei passare comodamente per un buco di talpa.

– Può darsi, può darsi, giovanotto. Ma se non vuol farmi torto non chiami buchi le mie gallerie. Chissà, forse potrei accompagnarla per un pezzo di strada.

– Potrei infilarmi nella galleria che lei ha finito adesso di scavare, – propose Cipollino. – Naturalmente se lei mi farà da guida, perché da solo avrei paura di perdermi: ho sentito dire che le sue gallerie sono molto complicate.

– Senta, – rispose la Talpa, – a fare sempre la stessa strada io mi annoio. Sa che cosa le dico? Scaveremo una galleria nuova.

– Da che parte? – domandò subito Cipollino.

– Da una parte qualunque, – rispose la Talpa, – purché si possa andare a finire in qualche posto scuro davvero e non in un altro faro come questo.

Cipollino pensò subito alla prigione nella quale si trovavano Zucchina, Uvetta e gli altri. Sarebbe stata una bella sorpresa, per loro, vederselo arrivare di sottoterra.

– Credo che si debba scavare verso destra, – propose alla Talpa.

– Destra o sinistra per me fa lo stesso. Se lei preferisce la destra, andiamo a destra.

E senza pensarci due volte la Talpa ficcò il muso nella parete e cominciò a scavare cosí furiosamente che Cipollino si trovò tutto coperto di terriccio.

Gli venne un accesso di tosse che gli durò un quarto d'ora. Quando ebbe finito di tossire e di starnutire udí la voce della Talpa che lo chiamava:

– Allora si decide a venire, sí o no?

Cipollino si ficcò nell'imboccatura della galleria, che era abbastanza larga per permettergli di strisciare in avanti: la

Talpa aveva già percorso parecchi metri, a una velocità sbalorditiva.

– Eccomi, eccomi, signora Talpa, – farfugliò sputando il terriccio che gli si ficcava in gola.

Prima di proseguire, però, si fermò a tappare l'ingresso della galleria. « Quando scopriranno la mia fuga, – pensò, – non indovineranno da che parte me ne sono andato ».

– Come si sente? – domandò la Talpa continuando a scavare.

– Benissimo, grazie, – rispose Cipollino, – qui c'è un buio perfetto.

– Glielo dicevo io che si sarebbe trovato subito meglio. Vuole che ci fermiamo un momentino? Io preferirei di no, perché ho una certa fretta, ma forse lei non è abituato a correre nelle gallerie.

– Andiamo pure avanti, – disse Cipollino, pensando che, a quell'andatura, in poche ore sarebbero giunti nelle vicinanze della prigione.

– D'accordo –. La Talpa ripartí a gran velocità. Scavando produceva un rumore simile a quello di un martello pneumatico. Cipollino faticava a tenerle dietro.

Un quarto d'ora dopo la fuga di Cipollino e della Talpa, la porta della fossa segreta si aprí e Pomodoro entrò con un sorriso trionfale.

Come aveva assaporato quel momento, il prode Cavaliere!

Mentre si dirigeva verso la prigione, gli pareva di essere diventato piú leggero di una ventina di chili.

« Cipollino è nelle mie mani, – si diceva gongolando, – gli farò confessare tutto, dall'a alla zeta, e poi dalla zeta all'a, e infine lo farò impiccare. Quando questo sarà fatto, lascerò in libertà Mastro Uvetta e gli altri stupidi come lui; da quella gente non ho niente da temere. Ecco la porta della fossa segreta. Ah ah, come me la godo a pensare a quel marmocchio. Si starà certo struggendo in lacrime. Scommetto che mi cadrà ai piedi e mi supplicherà di perdonargli. Scommetto che mi luciderà le scarpe con la lingua. E io lo lascerò fare, dandogli qualche speranza di salvezza, poi gli toglierò ogni illusione e gli comunicherò la mia sentenza: morte per impiccagione ».

Quando però ebbe aperto la porta e accesa una lampadina tascabile, non trovò nessuna traccia del prigioniero.

Pomodoro non credeva ai suoi occhi. Le guardie che gli stavano vicino lo videro diventare giallo, arancione, verde, azzurro, indaco e violetto, e infine piú nero di uno scarafaggio.

– Dove può essersi cacciato? Cipollino, dove ti nascondi?

La domanda era abbastanza stupida: dove avrebbe potuto nascondersi Cipollino?

Pomodoro guardò sotto il tavolaccio, guardò nella brocca dell'acqua, scrutò il soffitto, ispezionò il pavimento e le pareti centimetro quadrato per centimetro quadrato: nulla.

– Chi lo ha fatto fuggire? – tuonò il Cavaliere, rivolgendosi alle guardie.

Ma il capo delle guardie gli fece notare:

– Signor Cavaliere, le chiavi della fossa segreta le aveva lei.

Pomodoro si grattò in testa: anche questo era vero.

Per risolvere il mistero si sedette in mezzo alla fossa, pensando:

« A stare seduti si riflette meglio che in piedi ».

Ma anche in quella posizione non gli venne in mente nulla.

A un tratto, poi, per colpa di qualche corrente d'aria, la porta si richiuse bruscamente: Pomodoro dentro e le guardie fuori.

– Aprite, buoni a nulla! – strillò Pomodoro.

– Eccellenza, non si può, la chiave ce l'ha lei.

Pomodoro provò ad aprire: ma la serratura era fatta in maniera che ci si poteva mettere la chiave solo dall'esterno.

A trovarsi prigioniero nella sua stessa prigione, Pomodoro voleva scoppiare.

Diventò violetto, indaco, azzurro, verde, arancione e giallo e minacciò di far fucilare sui due piedi tutte le guardie se non avessero aperto la porta, tempo di contare fino a cento.

A farla corta, per aprire la prigione bisognò far saltare la porta con la dinamite. Lo scoppio mandò Pomodoro a gambe all'aria e lo ricoprí di terra da capo a piedi. Le guardie scavarono febbrilmente e alla fine tirarono fuori Pomodoro come si estrae una patata dal solco. Lo portarono fuori e lo esaminarono ben bene per vedere se c'era qualcosa di rotto.

Difatti Pomodoro si era rotto il naso. Gli misero un cerotto e il Cavaliere corse a nascondersi a letto. Si vergognava troppo a mostrarsi in giro con quel cerotto al posto del naso, in mezzo alla faccia.

Cipollino e la Talpa erano già molto lontani, ma udirono l'eco dello scoppio.

– Che sarà mai? – domandò il ragazzo.

– Oh, non si preoccupi, – lo rassicurò la Talpa, – deve trattarsi di esercitazioni militari. Il Governatore Principe Limone si crede un grande condottiero, e non ha pace se non può fare qualche guerra, magari finta.

La Talpa, continuando a scavare alacremente, non finiva mai di fare gli elogi del buio e di dire quanto odiasse la luce.

– Ricordo che una volta, – raccontava, – mi capitò di dare un'occhiata a una candela. Le giuro che dovetti fuggire a gambe levate: non resistevo a quella vista.

– Eh, sí, – approvava Cipollino, – certe candele fanno una luce abbagliante.

– Ma si figuri, – riprese la Talpa, – che quella candela era spenta. Guai a me se fosse stata accesa.

Cipollino si domandò come potesse dar noia una candela spenta a una talpa cieca, ma la brava scavatrice si fermò improvvisamente:

– Odo delle voci, – disse.

Cipollino tese l'orecchio: gli giungeva un lontano brusio, ma non riusciva a distinguere in esso alcuna voce.

– Sente? – proseguí la Talpa. – Dove ci sono voci c'è gente. Dove c'è gente c'è luce. Sarà meglio che andiamo in un'altra direzione.

Cipollino tese di nuovo l'orecchio, e stavolta gli giunse distinta la voce di Mastro Uvetta: non poteva capire che cosa stesse dicendo, ma non c'era da sbagliarsi, era proprio la voce del ciabattino. Avrebbe voluto gridare, farsi sentire, farsi riconoscere, ma si trattenne.

– Signora Talpa, – disse invece, – ho sentito parlare di una caverna molto buia, che secondo i miei calcoli dovrebbe trovarsi appunto da queste parti.

– Piú buia di questa galleria? – domandò la Talpa in tono dubbioso.

– Infinitamente piú buia, – mentí Cipollino. – Forse le voci che udiamo vengono di là. Saranno persone che si riposano la vista in quella caverna.

– Hm... – brontolò la Talpa. – Questa storia non mi persuade molto. Ma se lei ci tiene proprio a visitare la caverna... A suo rischio e pericolo, s'intende.

– Le sarei proprio riconoscente, – pregò Cipollino. – Si vive per imparare, non le sembra?

– E sia, – concluse la Talpa, – ma se si farà male agli occhi sarà peggio per lei.

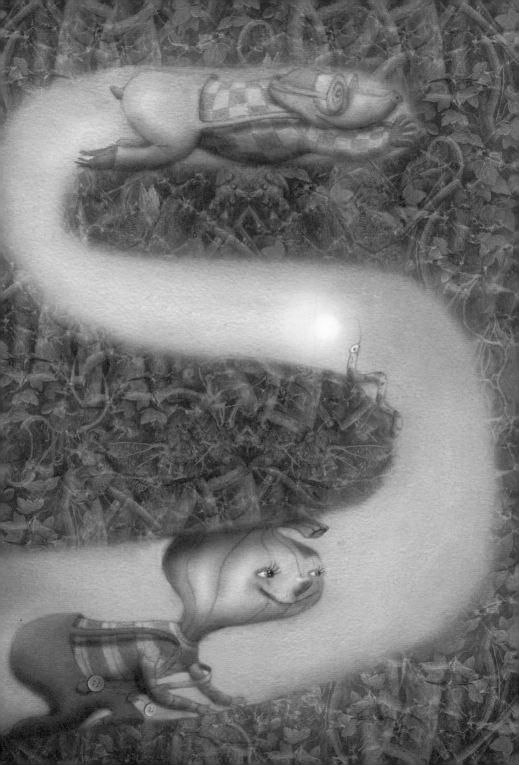

Dopo pochi minuti le voci erano vicinissime.

Cipollino poteva perfino udire il sor Zucchina che sospirava:

– Tutta colpa mia... tutta colpa mia... almeno venisse Cipollino.

– Mi sbaglio, – disse la Talpa, – o è stato fatto il suo nome?

– Il mio nome? – domandò Cipollino fingendosi molto stupito. – Io non ho inteso.

A questo punto si udí la voce di Mastro Uvetta:

– Cipollino ha dato la sua parola che sarebbe venuto a liberarci, e verrà. Io non ho alcun dubbio in proposito.

La Talpa fece:

– Ha sentito? Parlano di lei. No, non mi dica che non ha sentito. Mi dica piuttosto con quali intenzioni mi ha fatto venir fin qui.

– Signora Talpa, – confessò Cipollino, – forse avrei dovuto dirle subito la verità. Gliela dirò ora, tutta in una volta. Le voci che noi sentiamo vengono dalla prigione del Castello del Ciliegio, e in essa sono rinchiusi alcuni miei amici ai quali ho promesso di liberarli.

– E ha pensato che col mio aiuto...

– Appunto. Signora Talpa, ella è stata tanto buona da scavare una galleria fin qui. Sarebbe disposta a scavarne un'altra per far fuggire i miei amici?

La Talpa rifletté un momentino, poi disse:

– Va bene, accetto. Per me tutte le direzioni sono buone. Scaverò una galleria per i suoi amici.

Cipollino l'avrebbe baciata, se non avesse avuto il muso cosí sporco di terra che non si capiva piú dove stesse la bocca.

La Talpa si rimise al lavoro e in pochi secondi la galleria fu terminata. Purtroppo, proprio nel momento in cui la Talpa si affacciava nella prigione, Mastro Uvetta stava accendendo un fiammifero per guardare l'orologio.

La fiammella impressionò talmente la povera Talpa che essa si ritirò come se le avessero schiacciato il naso: fece dietro-front e filò via per la galleria a tutto vapore.

– Arrivederla, signor Cipollino, – essa gridava fuggendo, – sei un bravo ragazzo e avrei voluto aiutarti. Ma mi dovevi avvisare che saremmo piombati in un inferno di luce. Non avresti dovuto mentirmi su questo punto.

Scappava così in fretta che dietro a lei la galleria rovinava, le pareti franavano e il cunicolo si riempiva di terriccio. Ben presto Cipollino non udí piú la sua voce. La salutò tristemente in cuor suo: « Addio, vecchia Talpa! Il mondo è piccolo, forse un giorno ci ritroveremo e ti potrò chiedere scusa di averti ingannata ».

Congedandosi così dalla sua compagna di viaggio, Cipollino si pulí alla meglio il viso col fazzoletto e saltò nella prigione, allegro e vispo come un pesce.

– Buongiorno, amici miei, – trillò con una voce che pareva uno squillo di tromba.

Figuratevi quei poveretti! Volevano mangiarlo di baci: in un momento lo ripulirono di tutto il terriccio che aveva ancora indosso, e chi lo abbracciava, chi gli dava un pizzicotto, chi gli batteva una mano sulla spalla.

– Piano, piano! – si raccomandava Cipollino, – volete farmi a pezzi?

Ci volle del bello e del buono per calmarli. Ma l'allegria si cambiò in disperazione quando Cipollino ebbe raccontato la sua avventura.

– Sicché, tu sei prigioniero tale quale come noi? – domandò Mastro Uvetta.

– Né piú né meno, – disse Cipollino.

– E quando verranno le guardie ti vedranno.

– Questo non è necessario, – disse Cipollino, – posso sempre nascondermi nel violino del professor Pero Pera.

– Ma intanto, chi ci farà uscire di qui? – brontolò la sora Zucca.

Nessuno rispose.

Cipollino avrebbe voluto rincorare la compagnia, ma con tutta la sua buona volontà non trovò le parole. Ed era stanco, stanco, cento volte stanco.

Capitolo XI

Pomodoro qui si vedrà
che con le calze a letto sta

Pomodoro, naturalmente, si guardò bene dal far sapere
che Cipollino era fuggito: disse invece che l'aveva trasferito
nella cella comune, e senza saperlo disse la verità. Poi, col
cerotto sul naso, se ne stava continuamente a letto. Fragoletta lo spiava tutto il tempo, ma non riusciva a scoprire
dove tenesse la chiave della prigione. Decise di consigliarsi
con Ciliegino che, come sapete, era sempre ammalato e
piangeva giorno e notte.

Appena Fragoletta gli ebbe narrato quel che era successo, Ciliegino smise di piangere:

– Cipollino in prigione? Non deve restarci un minuto
di piú. Dammi subito i miei occhiali.

– Che cosa vuoi fare?

– Andare a liberarlo, – dichiarò decisamente il Visconte.
– Lui e tutti gli altri.

– Ma le chiavi le ha Pomodoro, come farai a procurar-
tele?

– Gliele ruberò. Tu prepara una bella torta e mettici un
poco di quella polverina che fa russare. La porti a Pomodoro, che è molto goloso di torte, e quando è addormentato
mi vieni ad avvisare. Intanto io farò un giro d'ispezione.

Fragoletta non finiva di meravigliarsi per l'energia di Ciliegino.

– Com'è cambiato! Mamma mia, com'è cambiato!

La stessa cosa dissero tutti quanti, al solo vederlo comparire.

– Ma è guarito! – osservò Donna Prima, con una punta di contentezza nella voce.

– Io dico che non è mai stato ammalato, – sentenziò il Duchino. – Era tutta finta.

Donna Seconda si affrettò a dar ragione al suo capriccioso cugino, temendo che saltasse su qualche armadio e minacciasse di ammazzarsi per avere soddisfazione.

Ciliegino venne a sapere da una guardia che Cipollino era scappato dalla fossa segreta e ne fu molto contento, ma decise di agire ugualmente per liberare gli altri prigionieri. Interrogando a destra e a sinistra, scoprí che Pomodoro usava tenere la chiave della prigione in una tasca cucita in una calza.

– Il fatto è molto grave, – rifletté Ciliegino. – Pomodoro va a letto con le calze.

E subito ordinò a Fragoletta di mettere nella torta doppia dose di polverina.

Scesa la notte, la servetta portò a Pomodoro uno squisito dolce di cioccolata. Pomodoro ne fece un boccone.

– Non avrai a lamentarti del tuo padrone, – le promise in cambio, – quando sarò guarito ti regalerò la carta di una gomma americana che ho succhiato l'anno scorso. Sentirai com'è profumata.

Fragoletta si inchinò fino a terra per ringraziare. Quando si sollevò dall'inchino, Pomodoro era bell'e addormentato, e russava piú di un'intera orchestra di contrabbassi.

Fragoletta corse a chiamare Ciliegino. Tenendosi per

mano, i due amici si misero in viaggio attraverso i corridoi del Castello verso l'appartamento del Cavaliere.

Passarono davanti alla camera del duchino Mandarino, che stava allenandosi a saltare su e giú dai mobili, per tenersi in forma. Egli si esercitava ogni notte. Mettendo l'occhio a turno presso il buco della chiave Fragoletta e Ciliegino lo videro saltare come un gatto dall'armadio al lampadario, dalla spalliera del letto allo specchio. Si arrampicava su per i tendaggi a una velocità incredibile. Era diventato un acrobata perfetto, avrebbe perfino potuto guadagnarsi onestamente la vita in un circo.

La camera di Pomodoro non era del tutto oscura: Fragoletta aveva provveduto a lasciar aperte le imposte, e attraverso i vetri filtrava un bel chiaro di luna.

Il Cavaliere russava della grossa. Stava appunto sognando che Fragoletta gli portava un'altra torta di cioccolata, grande come una ruota di bicicletta. Ed ecco che nel sogno gli veniva incontro il barone Melarancia con fare minaccioso, pretendendo metà della torta.

Pomodoro, pronto a difendere i suoi diritti, estraeva la spada. Il Barone fuggiva, frustando il povero Fagiolone che sudava sotto il peso della carriola. Ma, scomparso il Barone, ecco sopraggiungere il duchino Mandarino, il quale balzava su un pioppo altissimo e gridava:

– O mi dai metà della torta o mi butto a capofitto proprio sulla tua testa.

Insomma Pomodoro non aveva sonni tranquilli: tutti gli volevano portare via quella maledetta torta, e alla fine anche la torta si metteva a dargli dei fastidi. Invece che di cioccolata, era diventata di cartone: Pomodoro ci affondava i denti senza sospetto e si trovava la bocca piena di un cartone spesso e duro come il legno.

Mentre Pomodoro si dibatteva in questi sogni, Fragoletta gli scopriva i piedi, Ciliegino gli sfilava delicatamente le calze e ne toglieva il mazzo delle chiavi.

– Ecco, è fatta, – sussurrò a Fragoletta. – Via, di corsa.

La ragazza diede un'occhiata a Pomodoro.

– Non c'è fretta: dormirà fino a Capodanno.

Uscirono cautamente dalla stanza, richiusero la porta, e giú per le scale, con il cuore in gola.

Ciliegino si arrestò di botto:

– E le guardie?

Ecco, non avevano pensato alle guardie.

Fragoletta si succhiò il dito: le idee lei le cercava sempre nelle dita. Ne succhiava uno, ed ecco pronta l'idea.

– Ho trovato, – disse. – Andrò dietro la casa e mi metterò a gridare aiuto con tutte le mie forze. Tu chiamerai le guardie e me le manderai incontro. Quando sei solo apri la prigione e tutto è fatto.

E cosí fecero. L'inganno funzionò a meraviglia. Fragoletta chiamò aiuto! con tanta passione nella voce che perfino le piante si sarebbero scrollate dalle radici per correre a salvarla. Le guardie schizzarono via come palle di schioppo, incoraggiate da Ciliegino che gridava loro dietro:

– Presto, per carità. Ci sono i banditi!

Rimasto solo, egli aprí la prigione e quale non fu la sua sorpresa nel vedere tra gli altri prigionieri anche Cipollino.

– Cipollino, tu qui! Non eri fuggito?

– Ti racconterò poi. La via è libera?

– Per di qua, – fece cenno Ciliegino. E indicò loro un sentiero che portava dritto dritto nella foresta. – Le guardie sono andate da quell'altra parte.

La sora Zucca, che era troppo grassa per correre, fu fatta rotolare a tutta velocità.

Cipollino si trattenne a salutare affettuosamente Ciliegino, che aveva le lacrime agli occhi per la gioia.

– Sei stato bravo, – gli disse, – sei stato il piú bravo di tutti.

– Scappa, altrimenti ti riprenderanno.

– Ci rivedremo presto, e ti prometto che per Pomodoro ci saranno delle belle sorprese.

In due salti raggiunse gli altri, e aiutò a far rotolare la sora Zucca. Ciliegino, invece, andò a rimettere la chiave al suo posto, ossia nella calza destra di Pomodoro.

Le guardie intanto avevano trovato Fragoletta in lacrime. La servetta si era tagliuzzata il grembiule e si era graffiata le guance per far credere di essere stata aggredita dai banditi.

– Da che parte sono scappati? – domandarono le guardie, trafelate.

– Di là, – rispose Fragoletta indicando la strada del villaggio.

Le guardie, giú di corsa. Fecero due o tre volte il giro del villaggio e arrestarono un gatto, malgrado le sue vivaci proteste.

– Questo è un paese libero, – miagolava il gatto, in tono risentito. – Non avete il diritto di arrestarmi. E poi, siete arrivati proprio nel momento in cui il topo che stavo spiando da un paio d'ore si decideva a uscire dal suo nascondiglio.

– In prigione potrai trovare tutti i topi che vorrai, – rispose il comandante delle guardie.

Dopo una mezz'ora tornarono al Castello e trovarono la prigione vuota come la loro testa.

Chiusero in fretta il gatto nella cella, si tolsero spade e fucili e ne fecero un mucchio, lasciarono tutto lí e se la diedero a gambe per paura delle ire di Pomodoro.

Il quale il mattino dopo si alzò e si guardò allo specchio.

– Il naso è guarito, – constatò, – posso togliermi il cerotto. Dopo andrò a interrogare i prigionieri.

Prese con sé il sor Pisello, come avvocato, e don Prezzemolo per fargli scrivere le risposte dei prigionieri, e tutti e tre in fila indiana, con aspetto grave, come si addice a dignitosi magistrati, si diressero verso la prigione. Pomodoro tirò fuori le chiavi dalla calza destra, aprí la porta e diede un balzo indietro, mandando a rotolare per terra don Prezzemolo che gli stava incollato alla schiena. Dalla cella uscí un lamentoso – Miao! Miao! – che avrebbe mosso le pietre a compassione.

– Che cosa fai qui? – domandò Pomodoro al gatto, quando si fu rimesso dalla sorpresa.

– Ho il mal di pancia! – si lamentava il gatto. – Per favore, fatemi trasportare all'infermeria, o almeno mandatemi un dottore.

Il gatto aveva passato la notte a dar la caccia ai topi, e ne aveva fatto una tale scorpacciata che gli uscivano di bocca non meno di duecento code.

Il Cavaliere, impressionato, rimise il gatto in libertà, ma lo pregò di tornare in prigione, di quando in quando, a dare la caccia ai topi; anzi gli disse:

– Se terrai da parte le code, per documentare la tua benefica attività, l'Amministrazione del Castello ti passerà una piccola pensione, un tanto a topo.

Subito dopo, Pomodoro mandò al Governatore un telegramma, che diceva cosí: « Al Castello del Ciliegio, situazione gravissima. Urge vostra presenza con un battaglione di Limoncini ».

Capitolo XII

Non c'è boia che non si stracchi
se a Pirro Porro tira i mustacchi

Il Principe Limone fece il suo ingresso nel villaggio la mattina seguente, accompagnato da quaranta Limoni di corte e da un battaglione di Limoncini. Come sapete, alla corte del Principe Limone portavano tutti un campanello in cima al berretto e facevano un concerto straordinario.

All'udire quel fracasso, Pirro Porro, che si stava pettinando i baffi davanti allo specchio, si affacciò alla finestra, lasciando a mezzo la sua operazione. Così fu arrestato, e condotto via, con un baffo all'in su e un baffo all'in giú.

– Lasciatemi almeno il tempo di pettinare anche il baffo sinistro! – supplicava Porro mentre le guardie lo portavano in prigione.

– Fate silenzio, altrimenti vi taglieremo il baffo sinistro e poi anche quello destro, risparmiandovi la fatica di pettinarli.

Pirro Porro se ne stette zitto per paura di perdere la sua unica ricchezza. Fu arrestato anche il sor Pisello.

– C'è un errore. Io sono un avvocato, sono al servizio del Cavalier Pomodoro. C'è un equivoco, lasciatemi subito in libertà.

Ma era come parlare col muro.

I Limoncini si accamparono nel parco. Per un bel pezzo si divertirono a leggere i cartelli di don Prezzemolo, poi per non annoiarsi cominciarono a strappare i fiori, a pescare i pesci rossi, a tirare al bersaglio contro i vetri delle serre e a prendersi altri spassi del genere.

Le Contesse andavano da un comandante all'altro con le mani nei capelli:

– Per favore, signori, preghino i loro uomini di moderarsi. Essi ci stanno rovinando tutto il parco.

I comandanti si irritarono moltissimo:

– I nostri eroi, – essi risposero, – hanno bisogno di svago dopo le fatiche belliche, e voi dovreste essere piú riconoscenti.

Le Contesse fecero osservare che arrestare Pirro Porro e il sor Pisello non poteva essere stata una gran fatica. Allora il comandante rispose:

– Benissimo. Faremo arrestare pure voi, cosí guadagneremo meglio il nostro stipendio.

Alle Contesse non rimase che scappare via a lamentarsi col Principe Limone. Il quale, naturalmente, aveva preso alloggio al Castello con tutti i quaranta Limoni di corte, scegliendo le camere piú belle e trattando senza complimenti Pomodoro, il Barone, il Duchino, don Prezzemolo e tutti quanti.

Il Barone era preoccupatissimo.

– Vedrete, – diceva sottovoce, – mangeranno tutte le provviste e noi morremo di fame. Se ne staranno qui fin che avranno mangiato tutto, poi se ne andranno lasciandoci nelle peste. È una sciagura, è peggio del terremoto di Messina.

Il Governatore fece chiamare alla sua presenza Pirro Porro e cominciò a interrogarlo, mentre don Prezzemolo, dopo essersi soffiato il naso nel suo fazzolettone a quadri, si accingeva a scrivere le risposte e Pomodoro sedeva alla destra del Governatore per fargli da suggeritore.

Bisogna sapere, infatti, che il Principe Limone, benché avesse in testa il campanello d'oro, non era molto intelligente, e soprattutto era distratto. Per esempio, appena il prigioniero fu condotto alla sua presenza, esclamò:

– Ma che bei baffi. In fede mia, in tutto il Governatorato non ho mai visto un paio di baffi cosí belli, cosí lunghi e cosí ben pettinati.

Pirro Porro, stando in prigione, non aveva altro da fare che pettinarsi i baffi.

– Grazie, Eccellenza, – disse umilmente.

– Anzi, – riprese il Governatore, – giacché ci siamo, vi voglio nominare Cavaliere del Baffo d'Argento. Olà, miei Limoni.

I dignitari accorsero subito alla chiamata.

– Portatemi una corona di Cavaliere del Baffo d'Argento.

Gli portarono la corona, fatta a forma di un baffo che girava tutt'attorno alla testa: però era d'argento, si capisce.

Pirro Porro era molto confuso: credeva di essere stato chiamato per venire interrogato, e invece si vedeva consegnare un'altissima onorificenza. Si inchinò davanti al Principe il quale, tutto soddisfatto, gli mise in testa la corona, lo abbracciò e baciò sui due baffi, infine

si alzò per andarsene. Pomodoro si curvò a mormorargli all'orecchio preoccupatissimo:

– Altezza, vi faccio rispettosamente osservare che avete nominato Cavaliere un infame delinquente.

– Dal momento che l'ho nominato Cavaliere, – rispose il Principe con sussiego, – non è piú un delinquente. Tuttavia interroghiamolo pure.

E rivolgendosi a Pirro Porro, gli domandò se sapesse dove si erano rifugiati i prigionieri. Pirro Porro rispose che non sapeva niente. Il Principe gli domandò se sapeva dove fosse stata nascosta la casa del sor Zucchina, e Pirro Porro rispose di nuovo che non sapeva niente.

Pomodoro montò su tutte le furie:

– Altezza, quest'uomo mente. Propongo che sia messo alla tortura fin che non dica la verità, tutta la verità, nient'altro che la verità.

– Benissimo, benissimo, – fece il Principe Limone fregandosi le mani: aveva già completamente dimenticato di aver decorato Pirro Porro un minuto prima ed era tutto contento all'idea della tortura, perché era di animo cattivo e crudele.

– Che tortura gli possiamo fare? – domandò il boia, arrivando con tutti i suoi strumenti, ossia forche, scuri, picche e i fiammiferi per accendere eventualmente anche il rogo.

– Strappategli i baffi, – ordinò il Governatore.

Il boia cominciò a tirare i baffi del signor Porro, ma con tutto l'esercizio che avevano fatto a sostenere il peso della biancheria erano diventati cosí resistenti che non se ne staccò nemmeno un pelo. Pirro Porro non sentiva assolutamente nessun dolore e se la rideva di gusto. Il boia sudò, sbuffò, ringhiò, si stancò tanto che cadde svenuto. Pirro Porro fu riportato in una cella segreta dove fu dimenticato. Dovette nutrirsi di topi crudi e i baffi gli crebbero tanto che fecero due rotoli sul pavimento e qualsiasi lupo di mare li avrebbe scambiati per il cordame di un albero maestro.

Venne la volta del sor Pisello. L'avvocato si buttò subito ai piedi del Governatore e cominciò a baciarglieli affettuosamente, supplicando:

– Perdonatemi, Altezza: sono innocente.

– Male, avvocato mio, molto male. Se foste colpevole, potreste rivelarmi qualcosa. Se siete innocente, è probabile che non sappiate nulla. Sapete almeno dove sono scappati i prigionieri.

– No, Altezza, – rispose tremando il sor Pisello. E difatti non lo sapeva.

– Vedete? – esclamò il Principe Limone. – Come faccio a liberarvi, se non collaborate con la giustizia?

Il sor Pisello si sentí perduto, e nello stesso tempo provò una rabbia atroce, a vedersi cosí abbandonato dal suo protettore e padrone.

– Sapete dirmi, – continuava il Principe Limone, – dove è stata nascosta la casa del sor Zucchina?

Questo il sor Pisello lo sapeva, perché aveva udito la conversazione di Cipollino con i suoi compaesani quella famosa mattina.

« Se io rivelo il nascondiglio, – pensava, – sarò libero. Ma che cosa ci guadagnerò? Adesso li ho conosciuti, gli amici: fin che c'era da sfruttare il mio titolo e la mia abilità di avvocato per imbrogliare il prossimo, mi invitavano a cena e mi facevano un sacco di salamelecchi. No, non voglio aiutarli. Se la sbrighino loro. Vada come vuole, da me non sapranno niente ».

E ad alta voce rispose, seccamente:

– No, non lo so.

– Mentite, – urlò Pomodoro, – lo sapete benissimo e non lo volete dire.

A questo punto il sor Pisello non si tenne. Si levò sulla punta dei piedi per sembrare piú alto, fissò Pomodoro con uno sguardo di fuoco e gridò:

– È vero, lo so. So benissimo dov'è nascosta la casetta. Ma non ve lo dirò mai e poi mai.

Il Principe Limone lo guardò sbalordito.

– Riflettete, – gli disse, – se non rivelate il vostro segreto, sarò costretto a impiccarvi.

Il sor Pisello si sentí tremare le gambe per la paura e si toccò il collo: gli sembrava già di sentirsi stringere dalla corda.

Ma ormai aveva deciso.

– Impiccatemi pure, – rispose fieramente. – Impiccatemi subito.

Finito di dire queste parole, diventò bianco, cosa molto
strana per un pisello, e cadde a terra svenuto.

Don Prezzemolo scrisse nel verbale: – L'imputato sviene
per la vergogna.

Poi si soffiò il naso nel fazzoletto e chiuse il libro: l'in-
terrogatorio era finito.

Capitolo XIII

Sor Pisello, senza volere, salva la vita al Cavaliere

Il sor Pisello si svegliò al buio e credeva di essere già stato impiccato.

« Sono morto, – pensò, – e questo è certamente l'inferno. Mi stupisco solo che ci sia cosí poco fuoco. Anzi, non ce n'è del tutto. Strano inferno ».

In quel momento sentí girare la chiave nella serratura. Si rannicchiò in un angolo, dimenticando che non avrebbe potuto fuggire, e guardò ansiosamente la porta che si apriva, aspettandosi di vedere comparire i Limoncini di guardia e il boia.

I Limoncini comparvero, ma in mezzo a loro, invece del boia, c'era il Cavalier Pomodoro in persona, legato come un salame.

Il sor Pisello balzò in piedi e fece per avventarglisi addosso, ma poi si arrestò:

– Come! siete stato arrestato anche voi?

– Arrestato? Dite pure che sono stato condannato a morte. Sarò impiccato domattina all'alba, dopo di voi. Forse non sapete che questa è appunto la Stanza degli Impiccati.

L'avvocato era molto sorpreso.

– Il Principe Limone, – continuò Pomodoro, – è molto irritato perché non gli riesce di trovare il bandolo della matassa. Sapete cos'ha fatto? Mi ha accusato davanti alle Contesse di essere il capo della cospirazione contro il Castello e mi ha fatto condannare a morte.

Il sor Pisello non sapeva se rallegrarsi o compatirlo. Infine esclamò:

– Quand'è cosí, Cavaliere, fatevi coraggio: moriremo insieme.

– Magra consolazione, – osservò il Cavaliere, – permettete comunque che vi domandi scusa se al vostro processo non mi sono molto interessato di voi. Capirete, ne andava della mia vita.

– Oh, ormai è acqua passata, non parliamone piú, – propose gentilmente il sor Pisello. – Siamo compagni di sventura, cerchiamo di aiutarci l'un l'altro.

– Sono anch'io di questo parere, – concluse Pomodoro, evidentemente sollevato. – E sono contento che non mi abbiate serbato rancore.

Trasse di tasca una fetta di torta, e la divise fraternamente con il sor Pisello, che davanti a tanta generosità non credeva ai suoi occhi.

– È tutto quello che mi hanno lasciato, – disse Pomodoro, crollando il capo con aria triste.

– Eh, cosí vanno le cose di questo mondo. Fino a ieri eravate praticamente il padrone del Castello e oggi non siete che un prigioniero.

Pomodoro continuò a mangiare la torta senza rispondere.

– Sapete, – disse poi, – sono quasi contento che quel Cipollino mi abbia giocato. In fondo, è un ragazzo furbo, e quel che ha fatto, lo ha fatto per nobiltà di cuore, per aiutare i poveri.

– Già, – approvò il sor Pisello.

– Chissà, – proseguí Pomodoro, – chissà dove si na-
scondono adesso i prigionieri evasi. Mi piacerebbe poter
fare qualcosa per loro.

– Che cosa potreste fare, nelle vostre condizioni?

– Avete ragione. Del resto non so dove sono.

– Nemmeno io lo so, – disse il sor Pisello, che a vedersi trattare da Pomodoro con tanta gentilezza diventava
loquace, – però so dove hanno nascosto la casa del sor
Zucchina.

A sentire queste parole, il cuore del Cavaliere cessò di
battere. « Pomodoro, – si disse subito, – fai bene attenzione a ciò che dirà questo tonto: forse per te c'è ancora una
speranza di salvezza ».

– Davvero lo sapete? – continuò a voce alta, rivolgendosi all'avvocato.

– Lo so, certo, ma non lo dirò mai. Non voglio far del male a quella povera gente.

– Questi sentimenti vi onorano moltissimo, avvocato. Anch'io, se lo sapessi non lo direi: non vorrei che per colpa mia quei poveracci passassero altri guai.

– Quand'è cosí, – disse il sor Pisello, – sono contento di stringervi la mano.

Pomodoro gli tese la mano e se la lasciò stringere a lungo. Il sor Pisello ormai era in vena di chiacchierare.

– Sapete, – disse allegramente, – hanno nascosto la casetta a due passi dal Castello e sono stati tutti cosí stupidi da non pensarci.

– E dove l'hanno nascosta? – domandò Pomodoro con aria di niente.

– A voi ormai lo posso dire, – rise il sor Pisello, – domani morrete con me e porteremo il segreto nella tomba.

– Certo, sapete benissimo che moriremo all'alba e le nostre ceneri saranno disperse al vento.

A questo punto il sor Pisello si accostò ancora di piú al suo compagno di prigionia e, bisbigliandogli nelle orecchie, gli rivelò che la casa del sor Zucchina si trovava nel bosco, ed era affidata alle cure del sor Mirtillo.

Pomodoro lo lasciò finire di parlare, poi gli prese la mano, gliela strinse calorosamente ed esclamò:

– Mio caro amico, vi ringrazio molto di avermi confidato questa importante notizia. Voi mi salvate la vita.

– Io vi salvo la vita? Avete voglia di scherzare?

– Niente affatto, – gridò Pomodoro, rialzandosi. Andò alla porta e batté coi pugni fin che i Limoncini di guardia gli vennero ad aprire:

– Portatemi subito alla presenza del Principe Limone, –

ordinò con il suo solito tono arrogante, – gli devo fare importanti rivelazioni.

Difatti il Cavaliere rivelò ogni cosa al Principe, che non stava nella pelle dalla contentezza. Fu deciso che il mattino seguente, subito dopo l'esecuzione del sor Pisello, sarebbero andati nel bosco a prendere la casa.

Capitolo XIV

Sor Pisello viene impiccato, ma in Paradiso non è arrivato

In mezzo alla piazza del villaggio fu alzata una bella forca, con la sua brava botola che si apriva quando il boia schiacciava il bottone e quando il boia schiacciava il bottone il sor Pisello cadeva nella buca e ci restava finché era morto.

Quando lo andarono a chiamare per impiccarlo il sor Pisello fece di tutto per guadagnare tempo: prima disse che non si era ancora fatta la barba, poi volle lavarsi la testa, poi trovò che gli erano cresciute troppo le unghie e disse che le voleva tagliare.

Il boia protestava perché si perdeva tempo ma il desiderio di un condannato a morte è sacro, e così bisognò cercare un paio di forbicine: il sor Pisello ci mise due ore a tagliarsi le unghie delle mani e dei piedi ma alla fine dovette rassegnarsi a partire. Mentre saliva i gradini della forca gli venne una grande paura. Doveva morire. Così piccolo, così grasso, così verde, con la testa lavata e le unghie tagliate, e doveva morire.

Difatti cominciarono a rullare i tamburi. Il boia mise il cappio al collo dell'avvocato, contò fino a tredici perché era superstizioso, poi schiacciò il bottone. La botola si

aprí, il sor Pisello precipitò nel buio pensando: « Stavolta sono morto davvero. Sento già le voci del Paradiso ».

Una delle voci diceva: – Tagli lei, signor Cipollino. Con questa luce io ci vedo troppo poco.

Qualcuno tagliò il laccio che stringeva il collo del sor Pisello e la voce disse di nuovo: – Gli dia un sorso di questo ottimo sciroppo di patate: noi talpe non andiamo mai in giro senza la nostra bottiglietta di medicinale.

Cosa diavolo era successo?

Capitolo XV

Spiegazione sorprendente
del capitolo precedente

Era successo semplicemente questo: Fragoletta aveva narrato a Ravanella i casi del sor Pisello e Ravanella era corsa
ad avvertire Cipollino il quale insieme a tutti gli altri prigionieri liberati si era accampato in una grotta nel bosco.

Cipollino cominciò col farsi prestare una lesina da Mastro Uvetta per grattarsi in testa, in cerca di un'idea.

Finita la grattatina, Cipollino restituí la lesina a Mastro
Uvetta e si allontanò correndo. Nessuno gli domandò che
cosa avesse deciso di fare.

Il sor Zucchina si accontentò di sospirare.

– Gran testa, quel ragazzo: non se la gratta mai per
niente.

Cipollino vagò un bel pezzo per i campi, prima di trovare quello che cercava. Infine capitò in un prato disseminato di monticelli di terriccio: e ogni tanto un nuovo
monticello spuntava su come un fungo. La Talpa era al
lavoro.

Cipollino non ebbe che da aspettare e quando uno di
quei funghi di terra gli spuntò proprio sotto i piedi, si
inginocchiò e cominciò a chiamare:

– Signora Talpa! Signora Talpa! Sono Cipollino!

– Ah è lei, – rispose seccamente la Talpa. – Ha intenzione di propormi qualche altro viaggetto sottoterra per andare in cerca di sorgenti luminose?

– Non parli cosí, signora Talpa: grazie al suo aiuto mi sono ricongiunto con i miei amici. Abbiamo potuto liberarci e ora abitiamo provvisoriamente in una grotta qui vicino.

– Grazie delle informazioni, ma a me non interessano un bel niente. Arrivederla.

– Signora Talpa! Signora Talpa! – chiamò di nuovo Cipollino. – Mi stia a sentire.

– Dica pure, ma si tolga dalla testa che io abbia voglia di aiutarla ancora.

– Non si tratta di me. Si tratta dell'avvocato Pisello. Lo devono impiccare domattina.

– Buon pro gli faccia, – rispose la Talpa, – andrei volentieri ad aiutare a fargli il nodo. Gli avvocati non mi sono simpatici, e i piselli non mi piacciono.

Insomma, ci volle del bello e del buono a convincere la Talpa, ma Cipollino era sicuro del fatto suo: sotto le sue apparenze brusche, la bestiola aveva un cuore d'oro massiccio e non avrebbe rifiutato i suoi servigi per una giusta causa.

Cosí fu: la Talpa a un certo punto si commosse ed esclamò:

– La smetta di chiacchierare, signor Cipollino. Lei ha una lingua che non finisce mai. Mi dica piuttosto da che parte devo scavare.

– Direzione nord-nord-ovest, – rispose pronto Cipollino, spiccando un salto per la gioia.

In men che non si dica la Talpa scavò una larga galleria fin sotto la forca. Quando la botola si aprí e il sor Pisello piombò giú attaccato alla corda, che pareva il peso del filo a piombo, Cipollino lo liberò in un baleno, gli fece bere lo sciroppo di patate che la Talpa portava con sé e gli diede anche dei piccoli schiaffi per farlo rinvenire.

– Oh, signor Cipollino, – esclamò l'avvocato, – è morto anche lei? Che combinazione, ritrovarci tutti e due in Paradiso.

– Avvocato, si svegli, – intervenne la Talpa, – questo non è il Paradiso e nemmeno l'Inferno. E io non sono né San Pietro né il diavolo: sono una vecchia Talpa e ho fretta di andarmene per i fatti miei. Sicché fate presto a uscire di qui e cercate di capitare di rado sulla mia strada. Tutte le volte che incontro Cipollino mi prendo l'insolazione.

La botola era scura, difatti, ma per la Talpa era così luminosa che le era venuto il mal di testa.

Finalmente il sor Pisello capí che l'aveva scampata bella, per merito di Cipollino e della Talpa e non finiva piú di ringraziare i suoi salvatori. Abbracciava prima l'uno poi l'altro, poi li voleva abbracciare tutti e due insieme, ma aveva le braccia corte e non ci riusciva. Quando si fu calmato la Talpa scavò una nuova galleria che finiva proprio dentro la grotta dove abitavano Mastro Uvetta, il sor Zucchina, Pero Pera e tutti gli altri. L'avvocato fu accolto con grandi feste: tutti avevano generosamente dimenticato che in altri tempi egli era stato per loro un pericoloso nemico. La Talpa si accomiatò dai suoi protetti con le lacrime agli occhi, dicendo:

– Se aveste un po' di buon senso, verreste ad abitare con me sottoterra: là non ci sono forche, non ci sono Pomodori, non ci sono Limoni e Limoncini. Si sta quieti e al buio, questo è il piú importante. Comunque, se avete bisogno di me, gettate un biglietto in questa buca: io passerò di quando in quando a prendere vostre notizie. E adesso arrivederci.

La salutarono tutti con affetto e ancora non avevano finito di salutarla quando Pisello si diede una grande manata sulla fronte, cosí forte che andò a finire a gambe all'aria.

– Che sbadato! Che distratto! La distrazione sarà la mia rovina.

– Avete dimenticato qualcosa? – domandò gentilmente la sora Zucca, raccogliendolo da terra e spazzolandogli il vestito.

Pisello raccontò l'avventura con Pomodoro e concluse dicendo:

– A quest'ora certamente le guardie saranno venute nel bosco a prendere la casa.

Cipollino schizzò via come un topo e in due salti fu sotto la quercia del sor Mirtillo. La casa non c'era piú.

Il sor Mirtillo, nascosto tra due radici della quercia, si disperava: – Ah, la mia bella casa! Ah, il mio bel Castello!

– Sono stati i Limoncini? – si informò Cipollino.

– Hanno portato via tutto: la mezza forbice, la lametta per la barba, il cartello e il campanello per i ladri.

Cipollino si grattò la testa: stavolta ci sarebbero volute due lesine, per tirar fuori un'idea, e Cipollino non ne aveva nemmeno una. Posò affettuosamente una mano sulla spalla del sor Mirtillo e lo accompagnò alla grotta.

Capitolo XVI

Avventure di un poliziotto
e di un Segugio sempliciotto

Mister Carotino...

Un momento, Mister Carotino chi è? Di questo personaggio non si è ancora sentito parlare: di dove salta fuori? Che cosa vuole? È alto o piccolo, grasso o magro? Ora vi spiego subito.

Visto che i prigionieri non si trovavano, il Principe Limone ordinò un rastrellamento generale delle campagne circostanti. I Limoncini, armati di rastrelli, rastrellarono per bene i campi e i prati, i boschi e le siepi per trovare i nostri eroi. Lavorarono giorno e notte e raccolsero un mucchio di cartacce, di sterpi, di pelli di bisce e di ramarri, ma di Cipollino e dei suoi amici neppure l'ombra.

– Buoni a nulla! – tuonava il Governatore. – Quasi tutti i rastrelli hanno i denti rotti... Meritereste che facessi rompere i denti anche a voi.

Le guardie batterono i denti per la paura, e per un quarto d'ora si sentí un *tic-tic-tic* che pareva la grandine.

– Qua occorre un investigatore, – disse il Gran Ciambellano.

– Che cos'è un investigatore? – domandò il Principe.

– Uno che fa le ricerche. Se voi avete perduto un bottone, per esempio, lui ve lo trova in quattro e quattr'otto. Lo stesso se perdete un battaglione di guardie o se vi scappano i prigionieri: lui non ha che da mettersi gli occhiali e ve li scova seduta stante.

– Quand'è cosí, mandate a chiamare un investigatore.

– Ne conosco uno che fa al caso nostro, – propose il dignitario, – si chiama Mister Carotino.

Ecco, adesso sapete chi era Mister Carotino. Appena arriva vi dico anche com'era vestito e di che colore erano i suoi baffi.

No, questo non ve lo posso dire, perché Mister Carotino non aveva i baffi. Invece aveva un cane, un cane da caccia, di nome Segugio, che lo aiutava a portare gli strumenti. Mister Carotino infatti non andava mai in giro senza una dozzina di cannocchiali e di binocoli, un centinaio di bussole, una decina di macchine fotografiche, un microscopio, una rete per prendere le farfalle e un sacchettino di sale.

– Del sale che cosa ve ne fate? – gli domandò il Principe Limone.

– Col permesso di Vostra Eccellenza, io metto il sale sulla coda dei prigionieri fuggiti, poi li prendo con la rete per le farfalle.

Limone sospirò:

– Ho paura che questa volta il sale non vi servirà: i prigionieri fuggiti non hanno la coda.

– Il caso è molto grave, – osservò severamente Mister Carotino, – se non hanno la coda come faccio a prenderli? Dove glielo metto il sale? Col permesso di Vostra Eccellenza non si dovrebbero mai lasciar fuggire i prigionieri dalla prigione. O almeno, prima di lasciarli fuggire bisognerebbe attaccargli una coda, cosí da poterli riprendere.

– Ho visto al cinema, – intervenne il dignitario di cui

vi ho parlato prima, – che qualche volta gli evasi si prendono mettendo loro il sale sulla testa.

– È un sistema sorpassato, – ribatté con aria spregiativa Mister Carotino.

– È un sistema molto, molto sorpassato, – ripeté Segugio.

Il cane dell'investigatore aveva questa particolarità: che ripeteva spesso le parole del suo padrone, aggiungendovi alcune semplici osservazioni personali.

– Ho un'altra idea, – disse Mister Carotino.

– Noi abbiamo molte, molte altre idee, – ripeté Segugio, dondolando le orecchie con aria d'importanza.

– Si potrebbe adoperare il pepe, invece del sale.

– Giusto, giusto, – approvò entusiasticamente il Governatore. – Voi gli gettate il pepe negli occhi e quelli si arrendono subito.

– Lo credo anch'io, – osservò Pomodoro, – ma per gettargli il pepe negli occhi prima bisogna trovarli.

– Questo è piú difficile, – ammise Mister Carotino, – ma con l'aiuto dei miei strumenti mi ci proverò.

Mister Carotino era un investigatore come si deve: non faceva mai nulla senza i suoi strumenti. Per esempio, per andare a dormire adoperò tre bussole: una per trovare la scala, la seconda per trovare la porta della sua camera, e la terza per trovare il letto.

Ciliegino passò di lí per dare un'occhiata e vide Mister Carotino e il suo cane Segugio, sdraiati sul pavimento, che consultavano la bussola discutendo animatamente.

– Che cosa fanno, lor signori per terra? Forse cercano i buchi nel tappeto, che per caso i prigionieri non siano scappati di lí?

– Cerco il mio letto, signor Visconte. Tutti sono capaci di trovare il loro letto a occhio nudo. Ma un investigatore deve agire scientificamente. Il mio dovere professionale è di consultare prima di tutto gli strumenti tecnici del caso. La bussola, come lei mi insegna, è dotata di un ago magnetico sempre puntato verso il nord. Andando in quella direzione io troverò infallibilmente il mio letto.

Accadde invece che andando in quella direzione sbatté la testa contro lo specchio dell'armadio e siccome aveva la testa dura mandò lo specchio in mille pezzi. Il cane Segugio si tagliò la coda e gliene rimase solo un mozzicone.

– I nostri calcoli devono essere sbagliati, – disse Carotino.

– Devono essere molto, molto sbagliati, – sospirò Segugio.

– Cerchiamo un'altra strada.

– Cerchiamo molte altre strade, – approvò Segugio, – e possibilmente che non vadano a finire contro gli specchi.

Questa volta, invece della bussola, Mister Carotino usò uno dei suoi potentissimi cannocchiali di marina. Ci ficcò l'occhio e cominciò a girarlo a destra e a sinistra.

– Che cosa vedete, principale? – domandò Segugio.

– Vedo una finestra: è chiusa, ha le tende rosse e ha quattordici vetri per parte.

– La scoperta è molto importante, – esclamò Segugio, – quattordici e quattordici fa ventotto: se andiamo in quella direzione possiamo produrci ventotto tagli in testa e quanto a me non so che cosa mi resterà ancora della mia coda.

Carotino girò il cannocchiale in un'altra direzione.

– Che cosa vedete, principale? – domandò Segugio preoccupato.

– Vedo una costruzione in ferro battuto. È molto interessante: ha tre gambe, legate insieme da un giro di ferro. In cima alla costruzione c'è un tetto bianco, apparentemente smaltato.

Segugio era sbalordito per l'abilità del suo padrone.

– Principale, – osservò, – se non sbaglio nessuno fino a questo momento aveva scoperto tetti smaltati.

– Noi saremo i primi, – continuò Carotino. – Un investigatore deve saper trovare ogni sorta di cose misteriose in una semplice camera da letto.

Marciarono nella direzione della costruzione in ferro battuto con il tetto bianco smaltato, non prima di essersi sdraiati per terra e di aver ascoltato con l'orecchio sul pavimento, per essere sicuri che nessun cavallo si aggirasse nelle vicinanze. Dopo una marcia di una decina di passi arrivarono sotto la costruzione di ferro, e ci arrivarono tanto sotto che il tetto si rovesciò.

Quale non fu la meraviglia e la sorpresa del valente investigatore e del suo valentissimo cane Segugio quando dal tetto piovve sulle loro teste e sulle loro spalle una doccia freddissima. Rimasero immobili per timore di altri danni e lasciarono colare pazientemente l'acqua sui capelli, sul viso, nel collo e nella schiena.

– Penso, – borbottò Carotino, scontento, – penso che si trattasse di un catino.

– Penso, – aggiunse Segugio, – si trattasse di un catino con molta, molta acqua, destinata alle abluzioni del mattino.

Carotino si alzò, imitato dal suo fedele aiutante. Scoprì senza difficoltà il letto, da cui distava un metro e mezzo, e vi si diresse dignitosamente, continuando a fare profonde osservazioni come questa:

– Nella nostra professione bisogna affrontare dei rischi; ci siamo lavati la testa con l'acqua del catino, ma in compenso abbiamo trovato il letto.

– Ci siamo molto, molto lavati la testa, – osservò per conto suo il cane.

Al quale, del resto, non arrise la fortuna: gli toccò di dormire sul tappeto, con la testa appoggiata alle pantofole del suo padrone. Carotino russò tutta la notte e si svegliò solamente con il primo raggio di sole.

– Segugio, al lavoro, – chiamò affettuosamente.

– Padrone, sono pronto, – rispose il cane, balzando a sedere sul mozzicone di coda che gli era rimasto dopo il disastro dello specchio.

Non si poterono lavare la faccia perché tutta l'acqua si era rovesciata. Segugio si accontentò di leccarsi baffi, poi diede una leccatina anche alla faccia del suo padrone. Indi scesero entrambi in giardino e diedero inizio alle ricerche.

L'investigatore estrasse prima di tutto un sacchetto di quelli che si adoperano per giocare a tombola, con dentro i novanta numeri del lotto.

Pregò il cane di dargli un numero: Segugio introdusse la zampa nel sacchetto e tirò fuori il numero sette.

– Dobbiamo fare sette passi a destra, – concluse l'investigatore, dopo aver riflettuto per qualche minuto.

Fecero sette passi a destra e andarono a finire in un cespuglio di ortiche. Segugio si punse quel suo povero rimasuglio di coda. Carotino si punse il naso che in pochi minuti divenne rosso come un peperone rosso.

– Ci dev'essere un errore, – ammise l'investigatore.

– Ci debbono essere molti, molti errori, – approvò tristemente Segugio.

– Proviamo un altro numero.

– Proviamo molti, molti altri numeri.

Questa volta uscí il numero trenta e Mister Carotino ne dedusse che dovevano fare trenta passi a sinistra.

Fecero i trenta passi e andarono a cadere nella vasca dei pesci rossi.

– Aiuto! Affogo! – gridava il celebre poliziotto privato.

– Eccomi, padrone, – rispose volenterosamente Segugio, e afferratolo per la collottola con i denti, in poche bracciate lo trasse in salvo. Si sedettero sull'orlo della vasca a farsi asciugare gli abiti.

– Ho fatto una scoperta preziosa, – disse Carotino.

– Molto, molto preziosa, – approvò Segugio, – ma anche abbastanza umida.

– Immagino che i prigionieri siano fuggiti attraverso la vasca dei pesci rossi.

– Forse essi hanno scavato una galleria proprio sotto la vasca.

Fecero chiamare Pomodoro e gli chiesero di dare disposizioni perché si scavasse sotto la vasca: gravi indizi facevano supporre che i prigionieri se la fossero svignata da quella parte. Ma Pomodoro si rifiutò recisamente di rovinare la vasca.

Carotino sospirò e scrollò il capo.

– Ecco la gratitudine del mondo, – disse, – io sto sudando sette camicie, anzi mi sto addirittura prendendo un bagno dopo l'altro, e invece di aiutarmi nel mio lavoro le autorità locali mi ostacolano con ogni mezzo.

Per fortuna passava di lí Ciliegino, come per caso, e l'investigatore gli chiese se conoscesse un'altra uscita dal parco che non fosse una galleria scavata sotto la vasca dei pesci rossi.

– Certamente, – rispose Ciliegino, – il cancello.

Mister Carotino rifletté rapidamente e concluse che l'idea poteva essere buona. Ringraziò con calore il Visconte e, seguito da Segugio che non finiva di scrollarsi l'acqua di dosso, si diresse verso il cancello.

Ciliegino non lo perdeva d'occhio e quando lo vide uscire dal cancello e imboccare la strada del bosco, si mise due dita in bocca e lanciò un fischio.

Carotino si voltò di scatto.

– Dite a me?

– No, no, signor Carotino. Stavo avvertendo un passero che gli ho messo delle briciole sul davanzale.

– Che animo gentile, signor Visconte –. Mister Carotino fece un inchino e proseguí la sua passeggiata.

Al fischio di Ciliegino, come potete immaginare, rispose un altro fischio, non cosí sonoro, naturalmente, ma soffocato e discreto, e un cespuglio si agitò proprio a destra dell'investigatore, sulla soglia del bosco: Ciliegino sorrise, i suoi amici vegliavano. Egli li aveva avvisati dell'arrivo di Mister Carotino e aveva preparato con loro un piccolo piano di battaglia.

Anche l'investigatore vide il cespuglio agitarsi. Si buttò a terra, subito imitato da Segugio, e rimase immobile.

– Siamo circondati, – bisbigliò l'investigatore sputando la polvere che gli era entrata in bocca e nel naso.

– Siamo molto, molto circondati, – sussurrò il cane, di rimando.

– Il nostro compito, – proseguí Carotino, – si fa di minuto in minuto piú difficile. Ma noi dobbiamo trovare i prigionieri a ogni costo. Noi dobbiamo trovare molti, molti prigionieri.

Carotino si concentrò per riflettere, poi studiò il cespuglio con un binocolo da montagna.

– Non c'è piú nessuno, – osservò. – I pirati si sono ritirati.

– I pirati? – domandò Segugio. – Abbiamo a che fare anche con i pirati?

– Certo! – esclamò severamente Carotino. – Chi si nasconde di solito dietro i cespugli e provoca il loro agitarsi discreto ma misterioso, se non i pirati? Abbiamo sicuramente a che fare con una terribile banda. Non ci resta che seguirne le tracce: esse ci porteranno sicuramente nel nascondiglio degli evasi.

Segugio non finiva di meravigliarsi per l'acutezza del suo padrone.

I pirati intanto si ritiravano, muovendosi abbastanza visibilmente tra i cespugli. Ossia non si vedevano i pirati, ma si vedevano i cespugli agitarsi, e Carotino sapeva che là dietro si nascondevano i pirati, i quali si ritiravano per sottrarsi alle sue ricerche e all'inevitabile cattura.

I pirati non si vedevano anche per un'altra ragione, che poi vi dirò.

Dopo un centinaio di metri la strada penetrava nel bosco. Carotino e Segugio la imboccarono senza esitazioni, fecero qualche passo, poi si fermarono all'ombra di una quercia: per riposarsi e fare il punto sulla situazione. L'investigatore trasse dal sacco dei suoi strumenti il microscopio e cominciò a esaminare accuratamente la polvere del sentiero.

– Nessuna traccia, padrone? – domandava con ansia Segugio.

– Nessuna traccia, amico mio.

Proprio in quel momento si udí un fischio prolungato, poi una voce lanciò un grido lamentoso:

– Ooooh! Ooooh!

Carotino e Segugio si gettarono a terra.

Il grido si ripeté due o tre volte. Non c'era dubbio, ormai. I pirati si facevano dei segnali.

– Siamo in pericolo! – costatò Carotino, senza battere ciglio, mettendo mano alla rete per farfalle.

– Siamo molto, molto in pericolo, – gli fece eco il cane.

– I pirati hanno interrotto la ritirata e hanno iniziato una manovra di aggiramento per prenderci alle spalle. Tieniti pronto con il pepe. Appena essi si fanno vedere, tu lancerai loro il pepe negli occhi, e io li catturerò con la rete.

– Il piano è molto audace, – disse Segugio con ammirazione, – ma ho sentito dire che i pirati sono armati di colubrine. Che cosa succederebbe se essi, una volta catturati, fuggissero sparando?

– Maledizione! – ammise Carotino. – A questo non ci avevo pensato.

– Io credo, – propose il cane, gongolando per essere riuscito a mettere in difficoltà il celebre poliziotto privato, – io credo che possiamo usare il sistema « lepre e cacciatore ».

– Ossia? – domandò Carotino.

– È un sistema che viene usato all'estero per la caccia alla lepre. Si tende una corda molto resistente da un albero all'altro, in un punto dove presumibilmente la lepre si troverà a passare in giornata. Accanto alla corda si pone un coltello che non taglia. Quando la lepre, inseguita dai cacciatori, giunge presso la corda, esclama: « Maledizione! ». Ma subito vede il coltello e dice: « Meno male, mi servirò di questo coltello ». Afferra il coltello e comincia a tagliare. Ma, come vi ho detto, i cacciatori hanno scelto un coltello che non taglia. La lepre suda, si affanna, bestemmia e inveisce ma non c'è verso: non riesce a tagliare la corda e i cacciatori le sono addosso.

– È un sistema molto ingegnoso, – ammise Carotino. – Ma sfortunatamente io non ho con me un coltello che non taglia. Ho solamente lame affilatissime, di prim'ordine, di marca spagnola. E a pensarci bene non ho con me nemmeno la corda.

– Allora non c'è niente da fare, – concluse Segugio.

In quel momento una voce soffocata gridò, a pochi passi dai due poliziotti sdraiati nell'erba.

– Mister Carotino!

– Una voce di donna, – costatò l'indagatore, stupefatto.

– Mister Carotino! – continuò la voce in tono supplichevole.

Segugio arrischiò un'osservazione personale.

– A mio parere, – disse, – si tratta di una donna in pericolo. Forse essa si trova nelle mani dei pirati, che la vogliono usare come ostaggio. Credo che dobbiamo fare il possibile per liberarla.

– Non possiamo, – disse Carotino, seccato dall'invadenza del suo aiutante. – Dobbiamo catturare degli evasi, non liberare dei prigionieri. Siamo stati assunti con un compito preciso, non possiamo fare proprio il contrario di quello che siamo pagati per fare.

La voce intanto, a brevi intervalli, pregava, in tono supplichevole:

– Mister Carotino! Aiutatemi, per favore! Aiutatemi!

« Una donna chiede il mio aiuto, – rifletteva intanto

l'investigatore, – e io mi rifiuterei di prestarglielo? Che cos'ho al posto del cuore? »

Preoccupatissimo si tastò sotto la giacca e respirò di sollievo, costatando che il cuore batteva ancora.

La voce si allontanava verso il nord. In quella direzione i cespugli si agitavano violentemente, veniva di là uno scalpiccio soffocato, il rumore di una lotta selvaggia.

Carotino balzò in piedi e, seguito da Segugio, si mise a correre verso nord, senza perdere di vista la bussola.

Alle sue spalle echeggiò una risata.

Carotino si arrestò, indignato, si volse verso l'ignoto personaggio che rideva alle sue spalle e gridò, con tutta la nobiltà del suo animo:

– Ridi, ridi pure, perfido pirata! Ride bene chi ride ultimo!

Il pirata rise di nuovo, poi gli venne un accesso di tosse.

Infatti, Ravanella gli aveva dato una robusta manata sulle spalle per farlo star zitto. Fagiolino – il pirata non era altri che lui, il figlio del cenciaiolo Fagiolone – si mise il fazzoletto in bocca per poter continuare a ridere a suo agio.

– Proprio adesso che gliel'abbiamo fatta, – bisbigliò severamente Ravanella, – vuoi rovinare tutto.

– Ma lui crede che siamo pirati, – disse Fagiolino per scusarsi.

– Vieni, – fece Ravanella, – cerchiamo di non perdere le sue tracce.

Carotino e Segugio avevano ripreso a correre verso nord, inseguendo il rumore di passi che continuava a venire da quella direzione (ossia continuando a inseguire due ragazzetti, Tomatino e Patatina, che fingevano di lottare tra loro). Patatina si fermava di quando in quando e con la

sua vocina aggraziata chiamava, per essere sicura che Carotino non perdesse le sue tracce:

– Aiuto! Aiuto, signor investigatore! Sono prigioniera
dei pirati! Venite a liberarmi.

Come potete immaginare, i ragazzi erano già riusciti ad
attirare il poliziotto ben lontano dalla grotta nella quale si
rifugiavano Cipollino e gli altri nostri amici. Ma il loro
piano non si limitava a questo.

Il primo ad accorgersene fu Segugio. A un certo punto,
quando gli pareva di essere lí lí per azzannare i pirati e
si preparava a dare loro una solenne lezione, gli successe
qualcosa di strano.

– O cielo, sto volando! – ebbe il tempo di esclamare.

E stava effettivamente volando, appeso a una trappola
che lo scaraventò in cima a una quercia e lo tenne impa-
stato contro il tronco, legato come una mortadella.

Carotino era rimasto indietro di qualche passo, e quando girò l'angolo non vide piú il suo fedele aiutante.

– Segugio! – chiamò.

Nessuna risposta.

– Certamente si sarà fermato per via a inseguire qualche
lepre. Da dieci anni è al mio servizio, ma non sono ancora riuscito a fargli perdere il vizio di distrarsi.

Non sentendo alcun rumore chiamò di nuovo: – Segugio! Segugio!

– Sono qui, padrone, – gli rispose una voce lamentosa,
irriconoscibile.

La voce sembrava venire dall'alto. L'investigatore guardò
in su, tra i rami, e proprio in cima, legato al ramo piú
alto della quercia, vide Segugio.

– Che cosa fai lí? – domandò severamente. – Ti sembra
questo il momento di giocare con gli scoiattoli? Faresti
meglio a scendere subito. I pirati non sono mica lí che

aspettano, e se perdiamo le loro tracce, chi libererà la bella prigioniera?

– Padrone, lasciate che vi spieghi, – supplicava Segugio, tentando invano di liberarsi dalla trappola.

– Non c'è niente da spiegare, – proseguí indignato Mister Carotino. – Mi spiego benissimo da solo, senza bisogno delle tue bugie, che non ti piace dar la caccia ai pirati, e preferisci far la scimmia tra i rami. Ma io sono un investigatore serio, il piú serio d'Europa e d'America, e non posso tenere al mio servizio un buffoncello. Basta cosí: sei licenziato.

– Padrone, padrone, lasciatemi parlare.

– Parla quanto vuoi, ma io non mi fermerò certo ad ascoltarti. Ho ben altro da fare. Addio, Segugio, ti auguro di trovare una professione piú allegra e un padrone meno severo. E auguro a me stesso di trovare un aiutante piú serio. Giusto ho adocchiato ieri, nel parco del Castello, un Mastino che fa al fatto mio: onesto, modesto e dignitoso. Non gli passa nemmeno per la testa di mettersi a dar la caccia ai bruchi su per le querce. Addio, dunque, o cane infedele.

A sentirsi insultare a quel modo, il povero Segugio scoppiò a piangere.

– Padrone, padrone, state attento, altrimenti finirete come me.

– Mi fai ridere. Non mi sono mai arrampicato su una pianta in vita mia, e non sarà il tuo esempio a farmi cambiare abitudini.

Ma proprio mentre pronunciava queste nobili parole, Mister Carotino si sentí afferrare alla vita da qualcosa che lo stringeva fino a farlo soffocare: udí il rumore di una molla che scattava e costatò che stava volando a sua volta tra i rami degli alberi. Anzi, notò che si trattava della stessa quercia sulla quale si era arrampicato Segugio, e quan-

do il volo finí egli si trovò a due palmi dalla coda del suo cane, bene assicurato al tronco da una solida fune.

– Ve l'avevo detto, – disse il cane, nel suo solito tono lamentoso. – Ve l'avevo molto, molto detto.

Carotino faceva sforzi terribili per mantenere la sua dignità in quella scomoda posizione.

– Tu non mi hai detto un bel niente. Il tuo dovere sarebbe stato di avvertirmi che stavo per cadere in un tranello, invece di farmi perdere il tempo in chiacchiere.

Segugio si morse la lingua per non rispondere. Capiva benissimo lo stato d'animo del suo padrone, e non desiderava procurargli altri dispiaceri.

– Eccoci dunque in trappola, – rifletté Carotino. – Pensiamo ora come uscirne.

– Non vi sarà tanto facile, – disse una vocina ai loro piedi.

« Ma questa, – pensò Carotino, – questa è la voce della bella prigioniera ». Guardò in basso, aspettandosi di vedere comparire una schiera di terribili pirati col coltello fra i denti, e in mezzo a loro una principessa in lacrime: vide invece un gruppetto di ragazzini che si rotolavano per terra dalle risa.

Ravanella, Patatina, Fagiolino e Tomatino si abbracciavano ridendo, poi improvvisarono un gaio girotondo attorno alla quercia.

– Lor signori, – cominciò con aria severa l'investigatore, – lor signori avranno la bontà di spiegarmi che scherzo è questo.

– Noi non siamo signori, – rispose Fagiolino, – siamo pirati.

– E noi siamo principesse prigioniere.

– Mi facciano subito scendere di qui, altrimenti sarò costretto a prendere severi provvedimenti.

– Prenderemo molti, molti provvedimenti, – aggiunse il cane, agitando rabbiosamente il suo mozzicone di coda.

– Non credo che potrete prendere né molti né pochi provvedimenti fin che starete in quella posizione, – disse Ravanella.

– E noi cercheremo di lasciarvi lassú il piú a lungo possibile, – rincarò Tomatino.

– La situazione mi sembra chiara, – bisbigliò Carotino nell'orecchio di Segugio.

– Molto, molto chiara, – approvò tristemente Segugio.

– Siamo prigionieri di una banda di ragazzi, – continuò l'investigatore. – Quale disonore per me. Inoltre si tratta quasi certamente di ragazzi assoldati dagli evasi per farci perdere le loro tracce.

– Si tratta molto, molto certamente di ragazzi assoldati, – ammise il cane.

– Solo mi meraviglio della bravura con cui ci hanno preparato questa trappola.

Segugio si sarebbe meravigliato anche di piú se avesse saputo che la trappola era stata preparata da Ciliegino in persona. Il Visconte aveva letto molti libri di caccia grossa e conosceva ogni sorta di avventure di viaggio. Una volta tanto, aveva deciso di risolvere da solo la situazione, senza ricorrere all'aiuto di Cipollino, e c'era riuscito brillantemente. Nascosto dietro un cespuglio, osservava la scena, soddisfatto del suo lavoro.

« Ecco due avversari, – pensava, – immobilizzati per un pezzo ».

E fregandosi le mani si allontanò.

Ravanella e gli altri si diressero verso la grotta per dar l'annuncio dell'impresa a Cipollino. Ma giunti alla grotta non trovarono piú nessuno. La grotta era deserta. Le ceneri del focolare erano fredde.

Capitolo XVII

Cipollino fa amicizia
con un Orso senza malizia

Torniamo, come si dice, un passo indietro, altrimenti non riusciremo a sapere che cosa è accaduto nella grotta.

Zucchina e Mirtillo non si potevano dar pace per la perdita della casetta. Si erano tanto affezionati a quei centodiciotto mattoni, che li consideravano come centodiciotto figli. La sventura li aveva fatti diventare amici, anzi, Zucchina aveva perfino promesso al sor Mirtillo:

– Se riusciremo a rientrare in possesso della nostra casina, verrete ad abitare con me.

Mirtillo aveva accettato con le lacrime agli occhi. Ormai Zucchina, come avrete notato, non diceva piú la mia casina, ma la nostra casina, e altrettanto faceva Mirtillo. Il quale però rimpiangeva molto anche la sua mezza forbice, la lametta arrugginita avuta in eredità dal bisnonno e le altre proprietà perdute.

Una volta litigarono perfino per stabilire chi dei due volesse piú bene alla casina. Il sor Zucchina sosteneva che Mirtillo non poteva volerle bene quanto lui:

– Io ho sudato tutta la vita per costruirla.

– Ma ci avete abitato cosí poco: io invece ci ho abitato quasi una settimana.

Questi litigi però finivano presto. Presto infatti scendeva la sera e c'era troppo da pensare a tenere indietro i lupi per stare a discutere di proprietà immobiliari.

In quel bosco c'erano lupi, orsi e altre fiere selvagge, e ogni sera bisognava accendere un gran fuoco attorno alla grotta per sventarne gli assalti. I lupi venivano fino a pochi metri dalla grotta e lanciavano occhiate terribili alla sora Zucca, che essendo tonda e grassa prometteva di essere un bel boccone.

– È inutile che mi guardiate tanto, – gridava indignata la sora Zucca, – non è ancora nato il lupo che mi mangerà.

Alla fine i lupi avevano tanta fame che si facevano supplichevoli.

– Sora Zucca, – bisbigliavano attraverso il fuoco, – ci dia almeno un dito. Che cos'è un dito per lei? Ne ha dieci alle mani e dieci ai piedi, e in tutto fanno venti.

– Per essere dei lupi selvaggi, – rispondeva la sora Zucca, – sapete bene l'aritmetica. Ma questo non vi servirà a niente.

I lupi brontolavano un poco, poi si allontanavano e per consolarsi sbranavano tutte le lepri di passaggio.

Piú tardi arrivava l'Orso, e anche lui gettava occhiate languide alla sora Zucca:

– Quanto mi piacete, signora Zucca, – diceva l'Orso.

– Anche voi mi piacete, signor Orso, ma mi piacereste di piú in salmí.

– Che cosa dite mai, signora Zucca. Io invece vi mangerei arrostita, con qualche patatina fresca, e naturalmente ben condita con rosmarino, erba salvia, uno spicchio d'aglio e un pizzico di peperoncino rosso.

E l'Orso allargava le narici: gli sembrava già di avere sotto il naso il profumo di quell'arrosto.

Cipollino gli gettò una patata cruda:

— Provate intanto a saziarvi con questa.

— Ho sempre odiato le cipolle, — rispondeva l'Orso, montando su tutte le furie, — non sono capaci che di far piangere.

— Sentite, — propose Cipollino, — invece di venire tutte le sere a darci la caccia, e sapete benissimo che non serve a niente, perché abbiamo moltissimi fiammiferi, e almeno per un paio di mesi potremo accendere il fuoco alla sera e tenervi abbastanza lontano dalle nostre ossa, invece di essere nemici, vi stavo dicendo, perché non proviamo a diventare amici?

— S'è mai visto, — brontolava l'Orso, — s'è mai visto un Orso amico di una Cipolla?

— Perché? — riprese Cipollino. — E perché no? Si può essere amici, su questa terra. C'è posto per tutti, per gli orsi e per le cipolle.

— C'è posto per tutti, quest'è vero. Ma allora perché gli uomini quando ci prendono ci mettono in gabbia? Dovete sapere che mio padre e mia madre sono chiusi nel giardino zoologico, nel palazzo del Governatore.

— Anche mio padre è prigioniero del Governatore.

A sentire che anche Cipollino aveva il padre in prigione, l'Orso cominciò a intenerirsi.

— Ci sta da molto tempo?

— Da molti mesi, e per di piú è condannato all'ergastolo, ossia non uscirà nemmeno dopo morto, perché nelle prigioni del Governatore c'è perfino il cimitero.

— Anche mio padre e mia madre sono stati condannati all'ergastolo e non usciranno di gabbia nemmeno dopo la morte, perché saranno sepolti nel giardino del Governatore, con tutti gli onori.

L'Orso sospirò.

– Se vuoi, – propose, – possiamo essere amici. In fondo non c'è nessuna ragione perché ci vogliamo male. Il mio bisnonno, il celebre Orso Macchiato, mi raccontava di aver sentito dire dai suoi vecchi che una volta si stava tutti in pace, nella foresta.

– Quei tempi potrebbero ritornare, – disse Cipollino. – Un giorno tutti saremo amici. Gli uomini e gli orsi saranno gentili gli uni con gli altri, e quando si incontreranno si caveranno il cappello.

L'Orso apparve molto imbarazzato.

– Allora, – disse, – dovrò comprarmi il cappello, perché non ce l'ho.

Cipollino rise:

– Potrete salutare alla vostra maniera, inchinandovi o dondolandovi graziosamente.

L'Orso si inchinò e si dondolò graziosamente, come aveva suggerito Cipollino. Mastro Uvetta corse a prendere la lesina per grattarsi la testa.

– Non ho mai visto un orso tanto gentile, – ripeteva sbalordito.

Il sor Pisello, come avvocato, era piuttosto sospettoso.

– Io non mi fiderei tanto, – badava a dire, – l'Orso può fingere.

Ma Cipollino non gli diede retta: fece un passaggio in mezzo al fuoco e aiutò l'Orso a raggiungere la grotta senza bruciarsi il pelo. Poi lo presentò come suo amico ai compagni e in suo onore il professor Pero Pera, che aveva finito proprio allora di accomodare il violino, suonò un bellissimo concerto.

L'Orso si prestò gentilmente a ballare per i suoi ospiti. Fu una piacevolissima serata.

Quando l'Orso salutò per andarsene a letto, Cipollino lo accompagnò per un tratto di strada. Vedete, Cipollino era fatto cosí: non gli piaceva tanto parlare dei suoi guai, ma ci pensava spesso, e spesso, senza mostrarlo a nessuno, provava una gran tristezza.

Quella sera, per esempio, gli era tornato in mente il suo povero babbo prigioniero e voleva sfogarsi un poco con l'Orso.

– Che cosa faranno, – diceva Cipollino, – che cosa faranno in questo momento i nostri genitori?

– Io lo so, – rispose l'Orso. – Non sono mai stato in città, ma un fringuello amico mio vola spesso da quelle parti e mi porta notizie di mio padre e di mia madre. Dice che non dormono mai, e giorno e notte sognano la libertà. Io poi non so che cosa sia, questa libertà. Preferirei che sognassero di me. Dopotutto sono loro figlio.

– La libertà significa non avere padroni, – rispose Cipollino.

– Il Governatore non è un cattivo padrone. Il fringuello mi ha riferito che mio padre e mia madre mangiano a sazietà e si divertono a veder passare la gente davanti alla loro gabbia. Il Governatore è gentile, li ha messi in un posto dove possono veder passare moltissime persone. Tuttavia essi vorrebbero tornare al bosco. Ma lo stesso fringuello mi ha detto che la cosa è impossibile, perché le gabbie sono di ferro, e le sbarre sono solidissime.

Cipollino sospirò a sua volta.

– A chi lo dici? Quando sono stato a trovare il mio babbo prigioniero ho osservato molto attentamente le sbarre: è assolutamente impossibile fuggire. Eppure ho promesso al mio babbo di liberarlo, e un giorno o l'altro, quando sarò pronto, tenterò l'impresa.

– Tu sei un ragazzo coraggioso, – fece l'Orso, – vorrei anch'io andare a liberare i miei genitori. Ma non conosco la strada della città, e ho paura di perdermi.

– Senti, – disse Cipollino all'improvviso, – la notte è appena cominciata. Se tu mi prendi in groppa, possiamo essere in città prima dell'alba.

– Che cosa vorresti fare? – domandò l'Orso, con un leggero tremito nella voce.

– Andiamo a trovare i tuoi genitori. Mi sembrerà di andare a trovare il mio babbo.

L'Orso non se lo fece dire due volte: si chinò in modo che Cipollino potesse salirgli in groppa, e spiccò la corsa.

Cipollino gli indicava la strada: – A destra! – diceva, oppure: – A sinistra! – Oppure: – Passiamo dietro quella casa. Attento ora, siamo alle porte della città. Il giardino zoologico è da quella parte. Cerchiamo di far piano.

Capitolo XVIII

Un Elefante che sragiona
e una Foca chiacchierona

Il giardino zoologico era immerso nel silenzio.

Il guardiano dormiva nella stalla dell'Elefante, con la testa sulla sua proboscide. Aveva il sonno profondo e non si svegliò quando Cipollino e l'Orso bussarono discretamente alla porta della stalla.

L'Elefante scostò con delicatezza la testa del guardiano e la posò su una balla di paglia, poi senza muoversi allungò la proboscide e aprí la porta, borbottando:

– Avanti.

I nostri due amici entrarono con circospezione.

– Buona sera, signor Elefante, – disse Cipollino. – Scusi tanto se siamo venuti a disturbarla a quest'ora.

– Niente, niente, – rispose l'Elefante, – non mi ero ancora addormentato. Stavo cercando di indovinare che cosa potesse sognare il mio guardiano. Cerco sempre di indovinare i suoi sogni, mentre dorme. Dai sogni si può capire se un uomo è buono o cattivo.

L'Elefante era un vecchio filosofo indiano, e aveva sempre dei pensieri strampalati.

– Siamo ricorsi al suo aiuto, – disse Cipollino, – perché conosciamo la sua saggezza. Ci saprebbe indicare la maniera di far fuggire dallo zoo il babbo e la mamma di questo Orso mio amico?

– Sí, – borbottò l'Elefante tra le zanne, – forse saprei indicarvi questa maniera, ma poi a che pro? Nel bosco non si sta meglio che nella gabbia, e nella gabbia non si sta peggio che nel bosco. Tutto sommato, dunque, mi sembra che ognuno dovrebbe rimanere al suo posto.

– Se proprio ci tenete, però, – aggiunse subito, – vi dirò che la chiave della gabbia degli orsi è nella tasca del mio guardiano. Vedrò di prenderla senza svegliarlo. Ha il sonno duro, non sentirà.

Cipollino e l'Orso dubitavano assai che fosse possibile compiere un'operazione cosí difficile servendosi di una proboscide, ma l'Elefante manovrò con tanta delicatezza che il guardiano non si accorse di nulla.

– Ecco la chiave, – disse, estraendo la proboscide dalla tasca del guardiano. – Vedete di riportarmela, dopo.

– Stia tranquillo, – disse Cipollino, – e accetti intanto i nostri ringraziamenti. Lei proprio non vuole seguirci nella fuga?

– Se avessi mai avuto l'intenzione di fuggire non avrei certo aspettato che arrivaste voi due ad aiutarmi. Buona fortuna.

E riprendendo la testa del guardiano sulla proboscide, cominciò a cullarlo con dolcezza per farlo dormire piú profondamente mentre i nostri due amici tentavano il colpo.

Cipollino e l'Orso sgusciarono fuori della stalla e si diressero verso la gabbia degli orsi. Non avevano fatto che pochi passi quando una voce li chiamò:

– Ehi! Ehi!

– Sst! – fece Cipollino spaventato. – Chi chiama?

– Sst! Sst! – rispose la voce in tono canzonatorio. – Chi chiama?

– Smettila di far fracasso, sveglierai il guardiano.

E la voce:

– Smettila di fare il guardiano, sveglierai il
fracasso. O che stupido, – aggiunse poi, – mi
sono confuso.

– È il Pappagallo, – bisbigliò Cipollino all'Orso,
– ripete tutto quello che sente. Ma siccome non capisce nulla di quello che sente e di quello che dice, cosí
spesso gli capita di parlare a rovescio.

L'Orso volle essere gentile con il Pappagallo e gli domandò:

– Si va bene di qui per andare alla gabbia degli orsi?

Il Pappagallo ripeté:

– Si va bene con gli orsi per andare in gabbia? Si va
bene in gabbia per mettere gli orsi nella sabbia?

Visto che da lui non c'era da cavar nulla, i nostri due
amici procedettero con cautela. Una Scimmia li chiamò
con un leggero fischio.

– Sentite, signori, sentite!

– Non abbiamo tempo, – rispose l'Orso, – siamo molto
occupati.

– Datemi retta solo un minuto: sono due giorni che
cerco di sgusciare questa nocciolina e non ci riesco. Datemi una mano.

– Quando torniamo indietro, – disse Cipollino.

– Eh, dite per dire, – fece la Scimmia crollando il capo.
– Anch'io del resto dicevo per dire. Non me ne importa
nulla di questa nocciolina e di tutte le noccioline della
terra. Vorrei essere ancora nella mia foresta a saltare qua e
là tra i rami, tirando noci di cocco sulle teste degli esploratori. A che cosa servono le noci di cocco se non ci sono
scimmie per tirarvele in testa? No, io mi domando a che

cosa servono gli esploratori se nessuno li può prendere per bersaglio. Non ricordo quant'è che ho tirato l'ultima noce. L'esploratore aveva una testa rasata e tutta rossa che era un piacere prenderla di mira. Ricordo anche che...

Ma Cipollino e l'Orso erano già lontani e non la sentivano piú.

– Le scimmie, – spiegava Cipollino all'Orso, – sono animali stupidi, che si perdono in chiacchiere. Cominciano a parlare di una cosa e non puoi mai sapere come finirà il loro discorso. Tutto sommato, però, quella poveretta mi fa una certa compassione. Perché non dorme? Forse perché non riesce a sgusciare la nocciolina? No, no, non dorme perché sogna la sua foresta lontana.

Nemmeno il Leone dormiva: li guardò passare con la coda dell'occhio e non si voltò nemmeno per vedere dove fossero diretti. Era un animale nobile e saggio, e non lo interessava l'andirivieni della gente.

Cosí Cipollino e il suo compagno giunsero senza ostacoli davanti alla gabbia degli orsi.

I due poveri vecchi riconobbero subito il loro figliolo e gli tesero le braccia attraverso le sbarre.

Cipollino lasciò che si abbracciassero e si salutassero, provvedendo intanto ad aprire la gabbia. Poi disse:

– Volete smetterla con i piagnistei? La porta è aperta, ma se non ne approfittate, si sveglierà il guardiano, e addio libertà.

Quando i due prigionieri furono usciti dalla gabbia, ricominciarono gli abbracci e i saluti, perché adesso non c'erano piú le sbarre a dividerli dal loro figliolo.

Anche Cipollino era abbastanza commosso.

« Povero babbo, – pensava, – anch'io non finirò mai di abbracciarvi, il giorno che riuscirò a togliervi di prigione ».

– Adesso però bisogna andare, – disse ad alta voce.

I due vecchi vollero passare prima a salutare una famiglia di orsi bianchi che viveva in un laghetto. Intanto nei giardini si era creata una certa animazione, e la notizia della partenza degli orsi era subito arrivata in ogni angolo. Cosa volete, gli orsi erano in generale abbastanza benvoluti, ma avevano anche loro dei nemici. Una Foca che non li poteva vedere (c'era tra loro un antico odio di famiglia) cominciò ad abbaiare tanto forte che il guardiano, nonostante avesse il sonno duro, si svegliò.

– Che cosa succede? – domandò all'Elefante.

– Non saprei proprio, – rispose il vecchio filosofo. – Ma che cosa volete che succeda? Non succede mai nulla di nuovo, e nulla di nuovo accadrà stanotte. Credete forse di essere al cinema, dove ogni dieci minuti succede qualche avventura?

– Forse hai ragione, – ammise il guardiano, – ma voglio dare un'occhiata in giro.

Nell'uscire dalla stalla cadde quasi addosso al terzetto dei fuggitivi.

– Aiuto! – cominciò a gridare. – Aiuto!

I suoi aiutanti si svegliarono e circondarono il giardino. La fuga era diventata del tutto impossibile.

Cipollino e i tre orsi si erano tuffati in un laghetto e si tenevano nascosti a fior d'acqua. Purtroppo e per disdetta, però, erano andati a finire proprio nel laghetto della Foca.

– Ah! Ah! – ridacchiò qualcuno alle loro spalle.

Era la Foca in persona.

– Lor signori mi permetteranno di ridere, – fece. – Ah! Ah!

– Signora, – pregò Cipollino, che tremava per il freddo, – capisco la sua allegria. Ma le sembra bello ridere alle nostre spalle proprio mentre ci stanno cercando?

– Altroché, se mi sembra bello. Anzi, ora avvertirò subito il guardiano perché venga a catturarvi.

E non lo disse due volte, ma andò dritta a chiamare il guardiano e i suoi aiutanti. In men che non si dica gli orsi vennero ripescati, anzi il guardiano ebbe la sorpresa di pescarne tre mentre gliene mancavano due soli. In piú, catturò anche quel nuovo animale, di una specie sconosciuta e che parlava come un uomo, dicendo:

– Signor guardiano, come lei vede c'è un equivoco: io non sono un orso.

– Lo vedo da me: ma che cosa facevi nel laghetto?

– Prendevo un bagno.

– Come minimo, dunque, ti buscherai una multa, perché è proibito fare il bagno ai giardini pubblici.

– Io non ho soldi, con me, ma se lei vuol essere cosí gentile da aspettarmi qui, posso andare a prenderli.

– Io non sono gentile, e in attesa che tu mi paghi la

multa, ti metterò nella gabbia con le scimmie. Passerai la notte là, e domattina si vedrà.

La scimmietta di prima accolse molto allegramente il nuovo venuto e ricominciò senz'altro il suo bislacco racconto:

— Le stavo raccontando, — disse, accoccolandosi sulla coda, — di quell'esploratore con la testa rossa. Ma se le dico rossa, era rossa. Io non dico mai bugie salvo nei casi di necessità, s'intende. Però mi piacciono, sa? Le bugie hanno un sapore straordinario. Quando dico le bugie, sento in bocca un dolce, ma un dolce, come se...

— Senta, — la pregò Cipollino, — non potrebbe rimandare le sue confidenze a domani mattina? Vorrei fare una buona dormita, perché ho bisogno di ricuperare le mie forze.

— Posso almeno cantarle la ninna-nanna? — propose la Scimmia.

— No, grazie, ne faccio volentieri a meno.

— Posso rincalzare le coperte?

— Ma non vede da sola che non ci sono coperte?

— Dicevo per dire, — brontolò la Scimmia. — Io chiedo solo di essere gentile. Ma se lei vuole che io sia sgarbata, la servo subito.

Cosí dicendo, la Scimmia gli voltò la schiena, offesissima. Cipollino sorrise e ne approfittò per addormentarsi. La Scimmia aspettava che Cipollino la pregasse di voltarsi di nuovo, ma non udendo nessun rumore, pensò di prendere l'iniziativa. Vide cosí che il ragazzo si era già addormentato e, piú offesa che mai, si ritirò in un angolo e si accucciò per spiarlo. Cipollino rimase due giorni nella gabbia delle scimmie, con gran divertimento dei bambini che andavano allo zoo con le bambinaie e non avevano mai visto una scimmia vestita come loro.

Il terzo giorno poté mandare un biglietto a Ciliegino, che venne in città col primo treno, pagò la multa e lo fece finalmente uscire.

Cipollino gli chiese prima di tutto notizie dei suoi amici e rimase molto preoccupato quando sentí che erano scomparsi senza lasciar traccia.

— Non riesco a capire, — diceva, crollando il capo. — Nella grotta stavano al sicuro. Che cosa può averli spinti ad abbandonarla?

Capitolo XIX

Si descrive, di passaggio, un treno speciale e il suo viaggio

Per tornare al Castello, Ciliegino e Cipollino presero il treno. Già, di questo treno non vi ho ancora detto niente. Un treno straordinario. Aveva una sola carrozza, e tutti i posti erano vicino al finestrino, cosí nessuno doveva litigare per ammirare il panorama. Per i bambini, figurarsi, era una manna.

Ma quel trenino era una manna anche per gli uomini grassi. Infatti, nelle pareti della carrozza avevano fatto delle nicchie apposta per loro. I grassi salivano e vi accomodavano la pancia, cosí viaggiavano comodi.

Proprio mentre stavano per montare in treno, Ciliegino e Cipollino sentirono la voce di Fagiolone che diceva:

– Coraggio, signor Barone. Ancora una spinta e siamo a posto.

Il barone Melarancia stava salendo in treno e naturalmente, data la sua pancia, faceva una tremenda fatica. Fagiolone, da solo, non ce la faceva a spingerlo sul predellino. Chiamò due facchini per farsi aiutare, ma nemmeno in tre riuscirono a farlo salire di un gradino. Finalmente accorse il capostazione e si mise a spingere anche lui.

Spingeva senza togliersi dalle labbra il fischietto, e per la fatica gli scappò un sonorissimo fischio.

Il macchinista credette che fosse il segnale di partenza e abbassò la manovella. Il treno si mosse.

– Ferma! Ferma, – gridava il capostazione.

– Aiuto! Aiuto! – gridava il barone Melarancia.

Ma per lui fu una fortuna, perché il treno, partendo, gli diede una scossa che lo spinse in carrozza. Il Barone tirò un respiro di sollievo, accomodò la pancia nell'apposita nicchia e aprí subito il pacco delle provviste dove c'era un intero montone arrostito.

Tutti quegli incidenti aiutarono Ciliegino e Cipollino a salire inosservati. Durante il viaggio il Barone fu troppo occupato a mangiare per vederli. Fagiolone, dal canto suo, li scorse, ma Ciliegino si pose un dito sulle labbra per raccomandargli il silenzio, e il cenciaiolo rispose con un cenno che era d'accordo.

Dunque, vi stavo parlando del treno, quando è arrivato il Barone.

Un'altra specialità di questo treno era il macchinista.

Era molto bravo, come macchinista, questo sí. Però era anche un po' poeta. Se passava vicino a un prato fiorito, fermava subito la macchina e scendeva a cogliere un mazzolino di margherite o di violette, secondo la stagione.

La gente protestava:

– Partiamo, sí o no?

– Questa è una truffa. Dateci indietro i soldi del biglietto!

– La fate andare con i fiori invece che con il carbone la vostra locomotiva? – domandava qualcuno che aveva voglia di scherzare.

Poi il controllore. Era una persona gentilissima. Quando scendeva la nebbia la gente si lamentava perché non si vedeva il paesaggio:

– Che ferrovia è questa? – protestavano gli amanti del paesaggio. – Si guarda dai finestrini e non si vede assolutamente nulla. È come viaggiare in un baule.

– Ci avete preso per un treno merci?

Allora il controllore, gentile e paziente, si metteva dietro le spalle dei viaggiatori e indicava loro il paesaggio con il dito. Lo sapeva tutto a memoria, non aveva bisogno di vederlo per descriverlo.

– Qui a destra, – diceva, – c'è un passaggio a livello, con una casellante bionda, che saluta con la bandiera rossa. È una bella ragazza, vestita di giallo e di turchino.

La gente guardava, non vedeva che nebbia ma sorrideva ugualmente, soddisfatta.

– Qui proprio davanti a noi, – continuava il controllore, – c'è un laghetto azzurro, con un'isola verde e una barca che fa il giro dell'isola. La barca ha la vela rossa, quadrata, e in cima alla vela sventola una bandiera turchina con tante stelle gialle. Le onde sono tranquille, i pesci vengono alla superficie e gli uccelli li beccano.

La gente guardava e non vedeva che grigie ondate di nebbia, ma sorrideva ugualmente soddisfatta.

Il barone Melarancia, appunto, prendeva il treno per sentirsi raccontare il paesaggio a quel modo. Era troppo pigro e troppo occupato a mangiare per guardare con i suoi occhi dal finestrino. Gli piaceva invece mangiare il montone arrostito, assaporandone il sugo con gli occhi chiusi, mentre la voce mite e gentile del controllore spiegava:

– Qui a sinistra c'è un gregge di pecore. Sono bianche bianche, c'è solo un agnellino nero che saltella allegramente e bruca solo le margherite: l'erba verde non gli piace ancora. Il cane ha un campanello, sentite?

Difatti si sentiva il campanello suonare: *dlin... dlin...*

Cosí la gente aveva la prova che il controllore diceva la verità.

Ciliegino e Cipollino ascoltarono tranquilli il racconto del controllore, dimenticando per un poco i loro pensieri.

Chi non dimentica le sue preoccupazioni, quando il treno lo culla dolcemente e fuori del finestrino corrono gli alberi, le colline, le case e anche quando non si vedono correre, perché c'è la nebbia, però si sa che sono là, e che nessuno le può rubare?

Lasciamo dunque i nostri due amici comodamente sprofondati nelle poltroncine del trenino, quasi sotto il naso del barone Melarancia, ubriacato dal profumo dell'arrosto di montone, e andiamo invece a dare un'occhiata altrove.

Difatti, proprio nel momento in cui il treno attraversava la foresta, Mister Carotino e Segugio venivano liberati da un boscaiolo, dopo essere rimasti quasi tre giorni in cima alla quercia.

I due investigatori si sgranchirono le gambe e ripartirono subito di corsa per continuare le loro ricerche.

Il boscaiolo, dopo essere rimasto a osservarli stupito, si preparava ad abbattere la quercia, quando vide passare un intero plotone di Limoncini, comandati da un Limone di secondo grado.

– Attenti! – comandò il Limone di secondo grado.

Il boscaiolo lasciò cadere la scure e si mise sull'attenti.

– Riposo! – ordinò ancora il Limone di secondo grado.

Il boscaiolo assunse la posizione di riposo.

– Avete visto passare di qui due persone, ossia un cane e il suo padrone?

Dovete sapere che al Castello erano molto impensieriti per la scomparsa di Carotino e di Segugio, e avevano deciso di inviare un plotone di guardie alla loro ricerca. Il boscaiolo, come tutta la povera gente, non si fidava molto della polizia. I due tipi che aveva trovato legati alla quercia e che, appena liberati, si erano gettati a terra ad ascoltare se arrivavano gli indiani, gli erano sembrati due pazzi. Ma per nulla al mondo avrebbe dato un'informazione ai poliziotti del Principe.

« Se i Limoncini li cercano per arrestarli, – pensò fra sé, – devono essere due brave persone ».

– Sono andati di là, – disse poi ad alta voce, indicando una direzione sbagliata.

– Benissimo, – esclamò il Limone di secondo grado, – li raggiungeremo subito. Attenti!

Il boscaiolo si rimise sull'attenti, fece il saluto e li guardò filar via a tutta velocità. Poi si asciugò il sudore e ricominciò a tagliare la sua quercia.

Era passato forse un quarto d'ora quando sentí un gran rumore di passi e vide comparire Mastro Uvetta, Zucchina, Mirtillo, Pisello, Pero Pera e la sora Zucca e tutti insieme gli domandarono se avesse visto passare Cipollino.

– Io non lo conosco, – rispose il boscaiolo stupito, – ma non ho visto passare nessun ragazzo.

– Se lo vedete avvertitelo che lo stiamo cercando da tre giorni, – disse Mastro Uvetta, che aveva tutta l'aria di essere il comandante della spedizione.

E la spedizione ripartí a tutta velocità.

Non era passata un'ora, e la quercia era quasi abbattuta, quando passarono di lí Cipollino e Ciliegino. Il Visconte aveva deciso di non tornare a casa, per quel giorno, e di aiutare il suo amico a rintracciare gli scomparsi. Il boscaiolo narrò l'arrivo e la partenza della spedizione, cosí Cipollino poté capire che anche i suoi amici lo stavano cercando.

Prima di sera il boscaiolo vide passare molt'altra gente. Innanzitutto Ravanella e gli altri ragazzi, anche loro in

cerca di Cipollino; infine nientemeno che Pomodoro e don Prezzemolo, che andavano in cerca di Ciliegino, persuasi che fosse stato rapito dagli evasi.

Ma per il povero boscaiolo le sorprese della giornata non finirono lí. Al tramonto, infatti, un gran concerto di campanelli gli fece alzare la testa. Sopraggiungeva il Principe Limone in persona, il quale, preoccupato perché le sue guardie non tornavano, si era messo in campagna per rintracciarle. Le Contesse del Ciliegio lo seguivano in calesse: erano contente e allegre come se andassero a caccia.

Il boscaiolo tentò di nascondersi: difatti sapeva che i poveri non devono mai farsi vedere dal Principe, per non guastargli la digestione.

Ma un Limone di primo grado, che sedeva alla destra del Principe sulla carrozza, lo vide e lo chiamò:

– Vieni qua, pezzente!

– Comandi, Eccellenza, – balbettò il boscaiolo.

– Hai visto passare un plotone di guardie?

Il boscaiolo, come sapete, aveva visto ben altro che un plotone di guardie. Ma quando si parla con il Principe Limone, è sempre meglio non sapere niente.

E cosí rispose che non aveva visto nessuno. Se avesse detto:

« Sí, le ho viste », gli avrebbero fatto delle altre domande, e magari lo avrebbero punito e messo in prigione.

Siccome non sapeva niente, non gli poterono far niente. Il corteo del Principe si allontanò con un fragoroso scampanio.

La sera scendeva rapidamente, anzi, nell'interesse della nostra storia facciamola scendere di colpo, cosí abbiamo subito il buio. Al buio le storie sono molto piú divertenti. E non solo le storie, ma anche gli inseguimenti. In questo momento, infatti, mentre il buio scende sulla foresta, la nostra storia è diventata una corsa a inseguimento, nella quale i campioni ciclisti potrebbero fare una bellissima figura: peccato che non ci possano essere anche loro!

Invece abbiamo: Carotino che investiga; le guardie che cercano Carotino, il Principe che cerca le sue guardie; Mastro Uvetta che guida la spedizione in cerca di Cipollino; Cipollino e Ciliegino che vanno in cerca di Mastro Uvetta; Ravanella che va in cerca di Cipollino; Pomodoro e don Prezzemolo che vanno in cerca di Ciliegino.

E sottoterra, per chi non lo avesse ancora immaginato da solo, la Talpa che va in cerca di tutti. La Talpa, il giorno prima, aveva fatto una capatina alla grotta nella quale si erano rifugiati i prigionieri e vi aveva trovato un biglietto che diceva: « Cipollino scomparso. Andiamo alla sua ricerca. Se avete notizie, comunicatecele ».

Subito dopo aver letto il biglietto, la Talpa si era messa febbrilmente a scavare in tutte le direzioni. Sopra il suo capo, sentiva passare continuamente della gente: isolata, a piccoli gruppi, a gruppi numerosi. E passavano a una tale velocità, che quando la Talpa risaliva alla superficie per osservarli, erano già scomparsi.

Mancavano solo i lupi.

I lupi non si fecero vedere: credevano che ci fosse una battuta di caccia grossa e se ne stettero rintanati nei loro rifugi.

Capitolo XX

Grazie a un beone e a un ficcanaso il Castello viene invaso

E con la partenza delle Contesse, in vena di avventure di caccia, il barone Melarancia e il duchino Mandarino erano rimasti padroni assoluti del Castello.

Il primo ad accorgersene fu il Duchino. Il quale, secondo il suo solito, a un certo punto si era arrampicato su una finestra e minacciava di gettarsi nel vuoto e di sfracellarsi sul pavimento se... Ma il « se », non c'era nessuno ad ascoltarlo.

« Strano », meditò Mandarino mettendosi un dito nel naso.

« Possibile che nessuno si faccia vivo? Forse non ho gridato abbastanza forte ».

Gridò ancora un paio di volte senza convinzione, poi andò a trovare il barone Melarancia.

– Cugino carissimo, – lo salutò.

– Hum, – mugolò il Barone, sputando un'ala di pollo che gli era andata per traverso.

– Sapete la novità?

– Hanno messo delle galline nuove nel pollaio? – domandò il Barone, che il giorno prima aveva costatato d'aver dato fondo alle riserve di pennuti del Castello e del villaggio.

– Macché galline, – rispose il Duchino, – siamo soli. Siamo stati abbandonati. Il Castello è deserto.

Il Barone fu molto preoccupato.

– Chi preparerà la cena?

– Voi vi preoccupate per la cena. E se invece approfittassimo dell'assenza delle nostre amate cugine per fare un'ispezione alle cantine del Castello? Ho sentito dire che sono molto ben fornite di vini di marca.

– Impossibile, – rispose il Barone, – a tavola non servono che acqua sporca e vino di cavoli.

– Appunto, – disse il Duchino, – a voi danno i vini cattivi, e in cantina tengono le bottiglie buone per scolarsele quando sarete partito.

Il Duchino non ci teneva molto alle buone bottiglie: gli premeva invece di dare un'occhiata ai sotterranei, senza essere disturbato, perché aveva sentito dire che in una delle pareti le Contesse avevano murato il tesoro del Conte Ciliegione, per non doverlo spartire con nessuno.

– Se le cose stanno come voi dite, – ammise il Barone, colpito, – sarebbe bene andare a dare un'occhiata. Le nostre cugine commettono un grave peccato, nascondendoci i buoni vini della loro cantina. Dobbiamo aiutarle a salvare la loro anima. Questo almeno, secondo me, è il nostro dovere.

– Però, – continuò il Duchino chinandosi all'orecchio del Barone, – sarebbe meglio licenziare per oggi Fagiolone. Andremo soli nei sotterranei. Vi porterò io stesso la carriola.

Il Barone fu d'accordo e Fagiolone si ebbe una mezza giornata di libertà. Ma perché, domanderete voi, il Duchino non scendeva da solo nei sotterranei se gli premevano i tesori? Perché se fossero stati scoperti, egli avrebbe potuto gettare la colpa su Melarancia. Aveva già la risposta pronta:

« Ho dovuto per forza accompagnarlo: aveva sete e cercava una bottiglia ».

Fregandosi mentalmente le mani, il Duchino si rassegnò invece a usarle per trascinare la carriola sulla quale il Barone aveva posato la pancia. Trovò la carriola pesantissima, ma dopo tutto non c'era che da scendere qualche rampa di scale e il peso della pancia lo spingeva in basso a una tale velocità che se la porta dei sotterranei fosse stata chiusa vi sarebbe rimasto spiccicato come una mosca. Per fortuna, invece, la porta era aperta: il Duchino infilò il corridoio e in meno che non si dica ebbe percorso tutta la cantina, tra due file di botti enormi, sormontate da milioni di bottiglie di vino dalle etichette polverose.

– Ferma! Ferma! – gridava il Barone. – Guardate quanta grazia di Dio!

– Piú avanti, – rispondeva il Duchino, – piú avanti c'è di meglio.

Il Barone, a vedersi scappar via a destra e a sinistra quegli eserciti di botti, quei battaglioni schierati di bottiglie, bariletti, barilotti, fiaschi e fiaschette, si struggeva dalla passione e stava per piangere.

– Addio, addio, poverine, – sospirava alle bottiglie. – Addio, mai piú vi rivedrò.

Finalmente il Duchino sentí che la pressione della carriola diminuiva e poté fermarsi. Proprio in quel punto, in una fila di botti si apriva un varco, e in fondo al varco si vedeva una porticina.

Il Barone, seduto comodamente per terra, allungava le mani a destra e a sinistra, afferrando due bottiglie alla volta, le stappava con i denti, che per l'allenamento erano diventati fortissimi, e se ne rovesciava il contenuto nello stomaco, interrompendosi solo per lanciare qualche mugolio di soddisfazione. Il Duchino con una smorfia di disgusto si inoltrò nel varco.

– Dove andate, amatissimo cugino? Perché non approfittate anche voi di tutto questo ben di Dio?

– Vado a cercarvi una bottiglia di marca molto fine, che
vedo laggiú in fondo.

– Il cielo vi renderà merito delle vostre premure, – gor-
gogliava il Barone tra un sorso e l'altro, – avete dissetato
un assetato, non morirete mai di sete.

La porticina era senza serratura.

– Strano, – mormorò tra i denti Mandarino. – Forse si
aprirà per mezzo di un congegno segreto.

Cominciò a esplorare la porticina centimetro per centimetro, cercando il congegno, ma per quanto tastasse, la
porticina rimaneva immobile.

Frattanto il Barone, dopo aver dato fondo alle bottiglie
che aveva a portata di mano, si era trascinato a sua volta
tra le botti ed era giunto alle spalle di Mandarino, che
sudava e armeggiava, sempre piú nervoso.

– Che fate, cugino amatissimo?

– Cerco di aprire questa porta. Credo che qua dietro
si trovino i vini piú pregiati. Sarei contento di riuscire ad
aprirla.

– Non preoccupatevi. Porgetemi invece, voi che siete
agile, quella bottiglia lassú con l'etichetta gialla. Dev'essere
un vino cinese, e io non ne ho mai assaggiato.

Il Duchino stentò un poco a vedere la bottiglia che il
Barone gli indicava. Era una bottiglia di formato comune, assolutamente simile alle altre, tranne che per il colore
dell'etichetta, di un bel giallo canarino. Maledicendo in
cuor suo alla gola del Barone, Mandarino allungò distrat-
tamente la mano per prendere la bottiglia.

Strano. Essa pareva incastrata nello scaffale, e il Duchino dovette far forza per staccarla.

– Sembra piena di piombo, – osservò stupito.

Ma quando la bottiglia si staccò dallo scaffale, la porticina si mosse dolcemente, silenziosamente sui cardini, mostrando un vano buio dal quale avanzò un piccolo personaggio che si inchinava con molta compitezza ed esclamava con voce argentina:

– Buongiorno, signori. Vi ringrazio molto di avermi usato questa cortesia. Da tre ore stavo tentando di aprire questa porta senza riuscirvi. Come avete fatto a indovinare che sarei capitato da queste parti?

– Ciliegino! – esclamarono a una voce il Duchino e il Barone. – Ciliegino caro! – aggiunse il Barone, che era già piuttosto alticcio e si sentiva affettuoso.

– Ciliegino bello! Vieni, che ti abbracci!

Il Duchino non era cosí entusiasta.

« Che cosa fa qui questo piccolo guastafeste? » si domandava rodendosi il fegato per la rabbia. Tuttavia si sforzò di dire con gentilezza:

– Cugino Visconte, è un piacere per noi prevenire i tuoi desideri.

– Siccome però, – ribatté pronto Ciliegino, – siccome io non vi ho informato che sarei tornato al Castello da questa parte, e al Castello in questo momento non ci siete che voi, immagino che vi abbia guidati fin qui l'idea di qualche marachella. Ma non me ne importa niente. Permettetemi invece di presentarvi i miei amici.

E scostandosi, Ciliegino fece passare, uno dopo l'altro, tutti i suoi amici: Cipollino, Ravanella, Mastro Uvetta, il sor Zucchina, l'avvocato, eccetera eccetera eccetera (lo sapete anche voi che erano tanti).

– Ma questa è un'invasione! – esclamò Mandarino, spalancando gli occhi.

Era proprio un'invasione, e l'idea era stata di Ciliegino. Facendo il girotondo intorno alla foresta i nostri amici avevano finito col ricongiungersi e avevano anche potuto costatare che tutti i loro avversari si trovavano fuori del Castello: una bella occasione per impadronirsi della fortezza nemica. Ciliegino pensò alla galleria segreta che collegava il Castello alla foresta e fece da guida alla spedizione.

L'impresa, come avete visto, era perfettamente riuscita. Il Duchino fu rinchiuso nella sua camera e Fagiolino fu messo a fargli da guardiano.

Il Barone invece restò in cantina, perché nessuno aveva voglia di portarlo su per le scale. Fu proprio una magnifica serata.

Capitolo XXI

Lancia il Duchino l'esse-o-esse, si tingon di nero le Contesse

Quando scese la notte i nuovi castellani cominciarono a preoccuparsi.

– Che cosa faremo? – s'inquietava la sora Zucca. – Non potremo mica restare qui per sempre! Questa non è casa nostra. Abbiamo le nostre case, il nostro lavoro.

– Non vogliamo restare qui per sempre, – rispose Cipollino, – vogliamo trattare con i nostri nemici. Chiediamo solo la libertà per tutti. Quando saremo certi che non sarà fatto del male a nessuno, usciremo dal Castello.

– Ma come ci difenderemo? – interloquí il sor Pisello. – La difesa di un castello come questo è una operazione bellica assai difficile. Occorre la conoscenza della strategia, della tattica e della balistica.

– Che cos'è la balistica? – domandò la sora Zucca. – Avvocato, non cominciate a imbrogliarci con le parole difficili.

– Voglio dire, – concluse l'avvocato arrossendo, – che tra noi non c'è nessun generale. Senza un generale come si fa a difendersi?

– Nel bosco ci sono almeno quaranta generali, – disse Cipollino, – eppure non sono stati capaci di prenderci.

– Staremo a vedere, – brontolò il sor Pisello. L'idea di sostenere un lungo assedio senza un generale che si intendesse di strategia, di tattica e di balistica, gli metteva in corpo una terribile tremarella.

– Non abbiamo cannoni, – intervenne timidamente il sor Zucchina.

– Non abbiamo mitragliatrici, – aggiunse Pirro Porro.

– Non abbiamo fucili, – rincarò Mastro Uvetta.

– Ci penseremo domani, – decise Cipollino.

Andarono a dormire. Nel letto del barone Melarancia ci entrarono in sette e c'era ancora posto. Il sor Mirtillo e il sor Zucchina, invece, andarono a dormire nella loro casina, giú vicino al cancello.

Il Mastino che vi si era insediato li salutò con un ringhio, ma siccome era un cane rispettoso delle leggi, quando gli fu dimostrato che quella casa non gli apparteneva si rassegnò a traslocare nel suo vecchio canile.

Zucchina si mise seduto e si affacciò al finestrino, mentre il sor Mirtillo gli si sdraiava sui piedi.

– Che bella notte, – diceva Zucchina, – che notte tranquilla. Ci sono perfino i fuochi artificiali.

Nel bosco, difatti, il Principe Limone faceva i fuochi artificiali per divertire le Contesse. Come faceva? Legava un paio di Limoncini alla bocca dei cannoni e li sparava nel cielo. I Limoncini volando con una fiaccola per mano facevano un bellissimo vedere.

A un certo punto, tuttavia, Pomodoro si accostò al Principe e gli bisbigliò all'orecchio:

– Altezza! State consumando tutto l'esercito.

Il Principe, a malincuore, fece sospendere i fuochi.

– Ecco, – disse Zucchina guardando dal suo finestrino, – i fuochi artificiali sono finiti.

Il Principe contò i soldati che gli rimanevano per continuare nella caccia dei prigionieri. Gliene restavano sempre abbastanza, ma era prudente aspettare il mattino.

Fece preparare una bella tenda per le Contesse, che per la curiosità e per l'eccitazione non riuscirono a dormire.

Verso mezzanotte Pomodoro uscí in esplorazione. Salí su una collinetta pensando che di lí avrebbe scorto il fuoco del bivacco degli evasi, se per caso ne avessero fatto uno. Invece, con sua grande sorpresa, vide le finestre del Castello illuminate.

« Il Barone e il Duchino fanno baldoria, – pensò contrariato. – Quando gli evasi saranno catturati e sarà risolto l'affare Cipollino, bisognerà pensare anche a quei due mangiapane a ufo ».

Rimase per un pezzo a osservare il Castello, e la rabbia gli cresceva di minuto in minuto.

« Fannulloni, – pensava irritato, – banditi da strada. Ridurranno in miseria le mie signore e a me non resteranno che gli ossi da leccare ».

Una dopo l'altra le finestre si andavano spegnendo. Alla fine ne restò accesa una sola, quella di Mandarino.

– Il Duchino non può dormire al buio, – sibilò Pomodoro tra i denti, – ha troppa paura. Ma cosa fa adesso? Guarda che razza di sciocco. Si diverte a spegnere e ad accendere la luce. Spegne, riaccende. Finirà col guastare l'interruttore. Provocherà un corto circuito e il Castello andrà in fiamme. Finiscila! Finiscila dunque!

Di lontano sembrava proprio che il Duchino si divertisse a fare la gibigianna con la lampadina, con grande rabbia di Pomodoro. Il quale però a un certo punto cominciò a insospettirsi.

« E se fossero dei segnali? » rifletté colpito dall'insistenza del gioco.

« Già, ma segnali di che? A che scopo? E diretti a chi?

Darei un soldo bucato per capire che cosa possano mai significare. Tre colpi brevi... tre lunghi... altri tre colpi brevi... Buio. E ora ricomincia; tre colpi brevi... tre colpi lunghi... tre colpi brevi... Scommetto che ha la radio accesa e accompagna la musica spegnendo e accendendo la luce ».

Tornò verso l'accampamento e, incontrato un dignitario di corte che aveva l'aria di essere un uomo istruito, gli domandò se conosceva il linguaggio dei segnali.

– Naturalmente, – rispose il Limone, – sono dottore in segnalazioni, laureato all'università di Segni.

– E che cosa significa un segnale cosí e cosí? – E Pomodoro gli descrisse il segnale che veniva dalla finestra del duchino Mandarino.

– S.O.S. Significa « salvate le nostre vite ». Significa: « aiuto! », insomma.

« Aiuto? – rifletté Pomodoro sorpreso. – Ma allora non è un gioco. Il Duchino sta cercando di farci sapere qualcosa. Dev'essere in pericolo, per trasmettere quel segnale ».

E senza pensarci sopra due volte si diresse a grandi passi verso il Castello.

Giunto presso il cancello, fischiò per chiamare Mastino. Si aspettava che sbucasse dalla elegante casetta di Zucchina, ma con sorpresa lo vide uscire a orecchie basse dal suo vecchio canile.

– Che succede? – gli domandò.

– Io rispetto la legge, – rispose il cane di malumore. – I legittimi proprietari mi hanno mostrato documenti di indubbio valore e non ho potuto far altro che cedere loro il passo.

– Quali proprietari?

– Un certo Zucchina e un certo Mirtillo.

– E adesso dove sono?

– Nella loro casa, e dormono. Almeno lo spero, per quanto non riesca a capire come potrà dormire il signor Zucchina, che nella casetta ci può stare solamente seduto.

– E al Castello chi c'è?

– Oh, molta gente, un sacco di invitati. Gente di basso rango, come ciabattini, professori d'orchestra, cipolle e via dicendo.

– Vuoi dire Cipollino?

– Sí, credo che si chiami cosí. Da quello che mi è sembrato di capire il duchino Mandarino è molto offeso: si è rinchiuso nei suoi appartamenti e non si è fatto vedere per tutta la serata.

« Questo vuol dire che è prigioniero », rifletté Pomodoro, che passava da una sorpresa all'altra.

– Dal canto suo, – proseguí Mastino, – il barone Melarancia si è rinchiuso in cantina. Da diverse ore si sente da quella parte un bombardamento di bottiglie stappate che mette allegria.

« Maledetto ubriacone », pensò Pomodoro.

– Quello che non mi spiego, – continuò il cane, – è che il Visconte Ciliegino faccia comunella con gente di cosí bassa estrazione, dimenticando i doveri del suo rango.

Pomodoro corse subito a svegliare il Principe e le Contesse e diede loro la terribile notizia. Le Contesse avrebbero voluto tornare subito al Castello, ma il Principe osservò:

– I divertimenti di questa notte hanno molto menomato la efficienza del mio esercito. Non possiamo tentare un assalto notturno. Attenderemo l'alba.

Fece chiamare don Prezzemolo, che era forte in aritmetica, e gli fece fare il conto delle forze che rimanevano dopo il salasso provocato dai fuochi d'artificio. Don Prezzemolo si armò di gesso e lavagna e fece il giro delle tende, segnando una croce per ogni soldato e una doppia croce per ogni dignitario di corte o generale. Risultò che restavano diciassette Limoncini e quaranta generali circa, piú Pomodoro, don Prezzemolo stesso, il Principe Limone, le Contesse, Carotino, Segugio e i cavalli.

Pomodoro non vedeva l'utilità dei cavalli, ma don Prezzemolo fece osservare che negli assedi i reparti di cavalleria sono molto utili. Si accese una discussione strategica, alla fine della quale il Principe Limone, sinceramente conquistato, affidò a don Prezzemolo il comando di un reparto di cavalleria.

Il piano di battaglia fu studiato con l'aiuto di Mister Carotino, elevato per l'occasione al rango di Consigliere Militare Straniero.

Per prima cosa egli consigliò che tutti si tingessero le facce di nero, per spaventare gli assediati. Il Principe fece stappare molte bottiglie e con i turaccioli bruciacchiati si divertí egli stesso a tingere le facce dei suoi generali.

– Quale onore per noi! – dicevano i generali inchinandosi. Il Principe approfittava di quell'inchino per tingergli anche il collo.

Allo spuntar del sole l'operazione della tintura era felicemente ultimata. Il Principe appariva molto soddisfatto e insistette per tingere di nero anche Pomodoro e le Contesse.

– La situazione è molto grave, – ammoní, – e inoltre non abbiamo adoperato tutti i turaccioli.

Le Contesse si rassegnarono con le lacrime agli occhi.

L'attacco cominciò alle sette precise.

Capitolo XXII

Il Barone vola senz'ali
e schiaccia venti generali

Secondo il piano d'attacco, il cane Segugio, approfittan-
do dell'amicizia naturale che lo legava al cane Mastino,
avrebbe dovuto farsi aprire da quest'ultimo il cancello del
parco: e dietro a lui sarebbero penetrati, alla carica, gli
squadroni di cavalleria comandati da don Prezzemolo.

Questa prima parte, però, fallí in pieno, perché il cancello non era per niente chiuso, anzi, era spalancato, e
Mastino, in posizione di attenti sulla soglia, presentava le
armi, ossia la coda.

Segugio tornò indietro spaventatissimo e riferí lo strano
avvenimento.

– Qui gatta ci cova, – disse Mister Carotino, usando
una espressione cara ai Consiglieri Militari Stranieri.

– Molte, molte gatte ci covano, – rinforzò Segugio.

– Dove le avranno prese? – domandò il Principe.

– Che cosa?

– Tutte queste gatte.

– Altezza, non si tratta di felini. Se hanno lasciato aperto il cancello, ci dev'essere un trabocchetto.

– Allora entreremo dal di dietro, – decise il Principe.

Ma anche il cancello posteriore era aperto. Gli strateghi

del Principe non sapevano che pesci pigliare. Il Principe cominciava a essere stufo di quella guerra:

– Dura troppo, – diceva, lamentandosi con Pomodoro, – è troppo lunga e troppo difficile. Se l'avessi saputo prima, non l'avrei nemmeno cominciata.

Infine decise di compiere un atto di valore personale. Mise in fila i suoi quaranta generali e ordinò:

– Att-enti!

I quaranta generali scattarono come un solo caporale.

– Avanti, march! – Unò, duè, unò, duè...

Il cancello fu oltrepassato e l'eroico plotone marciò verso il Castello, che come sapete si trovava un po' in cima alla collina. La salita era abbastanza faticosa. Il Principe cominciò a sudare e tornò indietro, lasciando il comando a un Limone di prima classe.

– Continuate voi, – disse, – io vado a preparare l'attacco generale. Ormai la prima linea, grazie al mio intervento personale, è stata sfondata.

Il Limone di prima classe gli presentò le armi e prese il comando. Fatti dieci passi, ordinò cinque minuti di riposo. Stava per ordinare l'attacco finale – ormai il Castello distava sí e no cento metri – quando si udí un boato tremendo e un proiettile di proporzioni mai viste cominciò a rotolare giú per la china, in direzione dei quaranta generali. I quali, senza aspettare comandi, fecero dietro-front e si ritirarono verso il basso a tutta velocità. La loro velocità, però, era molto inferiore a quella della misteriosa valanga, che in pochi secondi fu loro sopra, ne schiacciò una ventina come se fossero prugne mature e continuò a precipitare a valle: attraversò il cancello, respinse la cavalleria di don Prezzemolo che si preparava all'attacco e rovesciò il calesse delle Contesse del Ciliegio.

Quando si arrestò, si vide che non si trattava di una

mina magnetica o di una botte di dinamite, ma dello sventurato barone Melarancia.

– Cugino carissimo! – gridò affettuosamente Donna Prima, accorrendo verso di lui impolverata e scarmigliata.

– Signora, non ho l'onore di conoscervi. Non sono mai stato in Africa.

– Ma sono io, Donna Prima.

– O cielo, ma che cosa vi è saltato in mente di tingervi di nero?

– È stato per ragioni strategiche. Ma voi piuttosto, come mai siete piombato giú a quel modo?

– Sono venuto in vostro soccorso. In un modo un po' violento, lo ammetto. Ma non avevo altra scelta. Ci ho messo tutta la notte a liberarmi dalla cantina, dove quei banditi mi avevano rinchiuso. Figuratevi che ho rosicchiato la porta con i denti.

– Avrete rosicchiato una mezza dozzina di botti, – borbottò Pomodoro, livido.

– Una volta giunto all'aperto, mi sono lasciato rotolare giú per la china, travolgendo una tribú di negri, certamente assoldata da quei briganti per occupare il Castello.

Quando Donna Prima gli spiegò che si trattava di quaranta generali, il povero Barone non riusciva a darsi pace, ma in fondo si sentiva orgoglioso della propria forza.

Il Principe Limone, che aveva finito di prendere il bagno nella sua tenda proprio in quel momento, nel costatare le perdite del suo esercito credette che il nemico avesse fatto una sortita e fu molto contrariato quando gli fecero osservare che il disastro era stato prodotto da un alleato pieno di buone intenzioni.

– Io non ho firmato alleanze con nessuno. Le mie guerre le combatto da solo, – disse sdegnosamente. E radunate le truppe che gli restavano – tra generali, soldati e generi diversi una trentina di uomini – fece questo discorso:

– Dagli amici mi guardi Iddio, che dai nemici mi guardo io.

I Principi non apprezzano l'amicizia. Cosí riescono sempre ad avere amici pericolosi, e allora si consolano citando proverbi che non hanno né capo né coda.

Dopo un quarto d'ora fu lanciato un secondo attacco. Dieci uomini scelti marciarono di corsa su per la salita, lanciando urla selvagge per spaventare almeno i bambini e le donne che si trovavano tra gli assediati. Essi furono accolti con molta cortesia, anzi, con troppa. Cipollino aveva fatto applicare potenti pompe da incendio ai tini piú panciuti della cantina. Quando gli assaltatori furono a tiro ordinò:

– Vino!

– Avrebbe dovuto ordinare « fuoco! » – osserveranno i soliti critici militari; ma quelle erano pompe per spegnere il fuoco, non per accenderlo.

Gli assaltatori furono innaffiati dai robusti getti rossi e profumati. Il vino entrava loro nella bocca e nel naso, minacciando di affogarli: era vino buono, ma il troppo stroppia.

Fecero dietro-front piuttosto a malincuore e volarono giú per la discesa. Giunsero all'accampamento completamente ubriachi, con grande scandalo delle Contesse.

Figuratevi poi gli strilli del Principe:

– Vergogna, bere vino rosso a digiuno! Ecco altri dieci uomini fuori combattimento.

I dieci guerrieri, infatti, uno dopo l'altro, si sdraiarono ai piedi di Sua Altezza e cominciarono a russare della grossa.

La situazione diventava di minuto in minuto piú tragica.

Pomodoro si metteva le mani nei capelli e tempestava Mister Carotino:

– Consigliate qualche cosa! Siete, sí o no, il Consigliere Militare Straniero?

Al Castello invece, come potete immaginare, l'entusiasmo era al colmo. Una buona metà dei nemici era ormai liquidata. Forse fra poco si sarebbe vista spuntare una bandiera bianca laggiú, tra i due pilastri rossi del cancello.

Capitolo XXIII

Sor Pisello cambia bandiera e Cipollino torna in galera

No, è inutile che io tenti di ingannarvi: tra i pilastri del cancello non spuntò mai la bandiera bianca. Spuntò invece un'intera divisione di Limoncini giunta di rinforzo dalla capitale, e ai nostri non restò che scegliere tra la resa o la fuga.

Cipollino tentò la fuga dalla parte della cantina ma la galleria che conduceva al bosco risultò occupata dalle truppe del Principe.

Chi aveva svelato loro il segreto della galleria?

Anche questo non ve lo posso nascondere: era stato Pisello. Vista la mala parata l'avvocato, purtroppo, era passato al nemico, per paura di essere impiccato una seconda volta.

La gioia di Pomodoro per la cattura di Cipollino fu tale che tutti gli altri prigionieri furono lasciati liberi e tornarono alle loro case, mentre Ciliegino fu messo in castigo in soffitta.

Cipollino fu accompagnato all'ergastolo da una intera compagnia di Limoncini, e rinchiuso in una cella sotterranea.

Due volte al giorno un Limonaccio di guardia gli portava una zuppa di pane e acqua in una ciotola. Cipollino la mandava giú senza nemmeno vederla, un po' perché aveva fame, un po' perché in carcere non accendevano mai la luce. Il resto della giornata Cipollino restava sdraiato sul tavolaccio a pensare.

« Se potessi incontrare il mio babbo, – pensava, – se almeno potessi fargli sapere che sono qui anch'io ».

Giorno e notte una pattuglia di Limoncini passeggiava davanti alla porta della cella, battendo forte i tacchi.

– Mettetevi almeno i tacchi di gomma! – gridava Cipollino, che non riusciva a dormire. Ma quelli non si voltavano nemmeno.

Dopo una settimana lo vennero a prendere e lo portarono in cortile per fare una passeggiata. Cipollino dovette sgridare le sue gambe perché non erano piú abituate a sostenerlo, poi dovette prendersela con gli occhi perché non erano piú abituati alla luce e non riuscivano ad aprirsi.

Il cortile era rotondo, e gli ergastolani, vestiti tutti di una divisa a strisce bianche e nere, passeggiavano in tondo, in fila indiana.

Era severamente proibito parlare. Al centro del circolo un Limonaccio segnava il passo con il tamburo:

– Unò... duè... unò... duè...

Cipollino entrò nella fila e si trovò a camminare dietro un vecchio dalle spalle curve e dai capelli grigi: di quando in quando tossiva, e le sue spalle sussultavano dolorosamente.

« Povero vecchio, – pensava Cipollino, – se non fosse tanto vecchio assomiglierebbe al mio babbo ».

A un tratto, il prigioniero fu colto da un accesso di tosse cosí forte che barcollò e dovette appoggiarsi al muro per non cadere. Cipollino si affrettò a sorreggerlo e fissò il suo volto solcato da mille rughe. Anche il prigioniero lo guardò con gli occhi semispenti, poi lo afferrò per le spalle e sussurrò:

– Cipollino... figlio mio...

– Babbo! Come siete invecchiato!

Padre e figlio si abbracciarono forte forte.

– Cipollino, non piangere, – mormorava il vecchio, – fatti coraggio.

– Io non piango, babbo. Mi dispiace di vedervi cosí vecchio e malato. E pensare che avevo promesso di venirvi a liberare!

– Non ti crucciare. Torneranno anche per noi i giorni felici.

Purtroppo l'ora della passeggiata era terminata e bisognava rientrare nelle celle.

– Ti farò avere mie notizie, – bisbigliò Cipollone.

– Ma come?

– Vedrai. Sta' di buon animo, Cipollino.

– Arrivederci, babbo.

E il vecchio sparí in un corridoio. La cella di Cipollino era nel sotterraneo, ma adesso che aveva rivisto il suo babbo, non gli sembrava piú tanto buia. Del resto, a guardarci bene, dal finestrino che dava sul corridoio un pochino di luce veniva. Ma un pochino tanto pochino, che bastava solamente per veder sfilare avanti e indietro gli stivali dei Limoncini.

Il giorno dopo, mentre si divertiva a contare e ricontare i tacchi di quegli stivali per far passare il tempo, Cipollino si sentí chiamare da una vocina strana, che non si capiva da che parte venisse.

– Chi mi chiama? – domandò stupito.

– Guarda sul muro.

– Ho un bel guardare, non vedo nemmeno il muro.

– Guarda vicino al finestrino.

– Ora ti ho visto. Ma tu sei un ragno. Che cosa cerchi quaggiú? Alle mosche non piace stare all'umido.

– Ho la mia rete al piano di sopra. Quando ho fame ci vado a guardare e qualcosa ci trovo sempre.

Un Limonaccio picchiò violentemente la porta.

– Silenzio, lí dentro. Si può sapere con chi parli?

– Sto dicendo le orazioni che mi ha insegnato la mia mamma, – rispose Cipollino.

– Dille sottovoce, – ribatté la guardia, – ci fai sbagliare il passo.

Il Ragno scese piú in basso e bisbigliò con la sua vocina vellutata: – Ho un messaggio per te, da parte del tuo babbo.

Difatti lasciò cadere un biglietto, che Cipollino aprí e lesse d'un fiato. Diceva solamente:

« Cipollino caro, sono al corrente di tutte le tue avventure. Non te la prendere se le cose non ti sono andate come volevi. Al tuo posto avrei fatto lo stesso. Un po' di prigione non ti farà poi tanto male: potrai continuare i tuoi studi e avrai tempo per rimettere ordine nei tuoi pensieri. La persona che ti recapita questo messaggio è il nostro portalettere. Si chiama Ragno Zoppo. Abbi fiducia in lui e mandami notizie per suo mezzo. Ti abbraccio affettuosamente: tuo padre Cipollone ».

– Hai finito di leggere? – domandò il Ragno.

– Sí, ho finito.

– Bene, allora metti in bocca il biglietto, masticalo e inghiottilo. Le guardie non lo devono trovare.

– Ecco fatto, – disse Cipollino, masticando il foglietto.

– E adesso, – disse il Ragno, – arrivederci.

– Dove vai?

– Vado a distribuire la posta.

Cipollino notò solo allora che il Ragno aveva al collo

una borsa come quelle del portalettere, gonfia di biglietti.

– A chi porti tante lettere?

– Da cinque anni faccio questo mestiere: tutte le mattine faccio il giro delle celle e raccolgo la posta, poi la distribuisco. Le guardie non mi hanno mai scoperto, e non hanno mai trovato nemmeno un bigliettino. Cosí i prigionieri possono scambiarsi le notizie.

– Ma come si procurano la carta?

– Non scrivono mica sulla carta, scrivono su un pezzetto della loro camicia.

– Adesso mi spiego lo strano sapore di quel biglietto, – fece Cipollino.

– L'inchiostro, – proseguí il Ragno, – si fa con l'acqua della zuppa, grattandoci dentro qualche briciola di mattone dal muro.

– Ho capito, – disse Cipollino, – domattina passa dalla mia cella. Avrò della posta da consegnarti.

– Senz'altro, – promise il Ragno. E si avviò. Cipollino si accorse che zoppicava.

– Ti sei fatto male?

– Macché, sono i reumatismi. Stare all'umido non mi fa bene affatto. Sono vecchio, avrei tanto bisogno di andare un poco in campagna. Ho un fratello che abita in un campo di granturco: stende la sua rete tra due fili d'erba e tutto il giorno si gode il sole e l'aria pura. Mi ha scritto tante volte invitandomi ad andarlo a trovare, ma ormai mi sono preso questo incarico. Io dico che quando uno si prende un incarico lo deve mantenere. E poi ce l'ho col Principe Limone, perché il suo servitore ha ucciso mio padre. Lo ha schiacciato sul muro della cucina, povero vecchio. C'è ancora la macchia su quel muro. Ogni tanto la vado a rivedere e dico cosí: « Spero che un giorno anche il Principe finisca su un muro, e che non resti nemmeno la sua macchia ». Dico bene?

– Non ho mai trovato un ragno cosí generoso, – disse Cipollino, gentilmente.

– Si fa quello che si può, – rispose modestamente il Ragno. E zoppicando raggiunse il finestrino, passò sotto il naso di un Limonaccio e continuò il suo giro.

Capitolo XXIV

Servizio postale ma non troppo
con l'aiuto del Ragno Zoppo

Cipollino si strappò un lembo di camicia e lo ritagliò in tanti pezzettini.

« Ecco pronta la carta da lettere, – pensò soddisfatto. – E adesso aspettiamo che ci portino l'inchiostro ».

Quando il Limonaccio di guardia gli portò la zuppa, non ne mangiò nemmeno un boccone. Graffiò dal muro un poco di mattone, servendosi del cucchiaio, e lo versò nell'acqua. Mescolò un poco, poi usando il manico del cucchiaio, scrisse le lettere che aveva pensato.

« Caro babbo, – diceva la prima lettera, – ricordate che vi ho promesso di venirvi a liberare? Ebbene, il momento si avvicina. Ho in mente un piano che ci permetterà di fuggire. Vi abbraccio, vostro figlio Cipollino ».

La seconda lettera, indirizzata alla Talpa, diceva:

« Vecchia Talpa del mio cuore, non credere che ti abbia dimenticata. In prigione non ho niente da fare e continuo a pensare ai vecchi amici. Pensa e pensa, ho pensato che forse tu puoi aiutarmi a uscire di qui e a liberare il mio babbo. L'impresa è un po' difficile, lo riconosco. Ma se tu sei in grado di radunare un centinaio di Talpe e di farti dare una mano, anzi una zampa da loro, non sarà impossibile. Aspetto una tua pronta risposta, ossia aspetto il momento in cui sbucherai nella mia cella. Il tuo vecchio amico Cipollino.

« Poscritto – Questa volta non ti farai male agli occhi. L'ergastolo è piú buio di un pozzo d'inchiostro ».

La terza lettera era per Ciliegino, e diceva cosí:

« Caro Ciliegino, sono senza tue notizie, ma sono sicuro che non ti sei perso di coraggio per la nostra sconfitta. Ti prometto che metterò a posto, una volta per sempre, il Cavalier Pomodoro. In prigione ho pensato tante cose che fuori non avrei avuto il tempo di pensare. Tu devi aiutarmi a uscire di qui. Consegna alla Talpa la mia lettera, nel posto che tu sai. Ti manderò altre istruzioni. Saluti a tutti. Cipollino ».

Nascose le tre lettere sotto il pagliericcio, versò l'inchiostro che gli rimaneva in una piccola buca, rese la ciotola al Limonaccio, quando passò per l'ispezione serale, e si addormentò.

Il mattino dopo Ragno Zoppo gli portò un'altra lettera del babbo. Il povero Cipollone era ansioso di ricevere notizie da Cipollino, ma gli raccomandava di non consumare troppo presto la camicia.

Cipollino si strappò quasi mezza camicia, la distese per terra, intinse un dito nel calamaio, ossia nella buchetta sotto il letto, e cominciò a scrivere.

– Che fai? – domandò il postino, indignato, – se usi dei fogli cosí grandi tra una settimana non avrai piú carta per scrivere.

– Non ti preoccupare, – rispose Cipollino, – tra una settimana non sarò piú qui.

– Figliolo, tu ti illudi.

– Può darsi. Ma intanto, invece di stare a farmi delle prediche, non potresti darmi una mano?

– Ti do anche tutte le mie otto zampe. Che cosa hai in mente?

– Voglio disegnare una pianta della prigione, segnando al posto giusto il muro di cinta, il cortile, i corridoi, le celle e tutto il resto.

– Oh, non è difficile. Conosco la prigione centimetro quadrato per centimetro quadrato.

Con l'aiuto del Ragno Zoppo, Cipollino stese in un momento la carta della prigione e segnò con una croce il cortile.

– Perché hai segnato quella croce? – domandò il Ragno.

– Te lo spiegherò un'altra volta, – rispose Cipollino, evasivamente. – Ora ti consegno una lettera per il mio

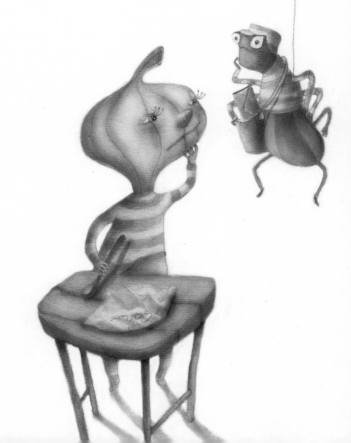

babbo; queste due lettere e la pianta, invece, sono per un mio amico.

– Fuori della prigione?

– Sí. È il Visconte Ciliegino!

– Abita lontano?

– Al Castello del Ciliegio.

– So dov'è. Ho un cugino impiegato nel solaio del Castello. Mi ha mandato a dire tante volte di andarlo a trovare ma non ne ho mai avuto il tempo. Dice che si sta una bellezza. Ma se io vado fin laggiú, chi farà il servizio postale?

– Tra andare e venire ti ci vorranno due giorni. Per due giorni, si potrà anche fare a meno della posta.

– Non mi assenterei dal mio servizio, – disse Ragno Zoppo, – ma dal momento che non si tratta di un viaggio di piacere...

– Tutt'altro, – disse Cipollino, – si tratta di un viaggio molto importante, di una missione delicatissima. Pensa che dall'esito del tuo viaggio può dipendere la libertà per i prigionieri.

– Per tutti?

– Per tutti, – promise Cipollino, – tranne che per i ladri e gli assassini, si capisce.

– In questo caso, appena terminato il giro mi metto in viaggio.

– Non so come ringraziarti.

– Oh, non ci pensare nemmeno, – rispose Ragno Zoppo, – se la prigione si vuota potrò finalmente andare a starmene in campagna.

Mise le tre lettere nella borsa, se la gettò a tracolla e si avviò zoppicando verso il finestrino.

– Arrivederci, – bisbigliò Cipollino, mettendo il naso tra le sbarre. – E buon viaggio.

Dal momento che lo vide sparire nel buio, Cipollino cominciò a contare le ore e i minuti della sua assenza. Il giorno dopo pensava:

« A quest'ora Ragno Zoppo dev'essere nelle vicinanze del Castello ».

Gli pareva di vedere il piccolo, vecchio ragnetto arrampicarsi zoppicando fino al solaio, farsi indicare la camera di Ciliegino, scendere giú per la parete, avvicinarsi al letto del Visconte e svegliarlo con un bisbiglio per consegnargli i messaggi.

Poi Cipollino non ebbe piú pace. Da un'ora all'altra ormai il Ragno poteva essere di ritorno. Ma passa un giorno, ne passano due, il Ragno non si vede comparire. Passarono tre giorni. I prigionieri erano preoccupati per la mancanza di posta. Siccome il Ragno non aveva svelato a nessuno il segreto della sua missione, ma aveva detto che si prendeva qualche giorno di ferie, alcuni ergastolani, in cuor loro, temevano che il Ragno li avesse ormai abbandonati al loro destino per andare a starsene in campagna, come aveva sempre sognato. Cipollino non sapeva che pensare.

Il quarto giorno era giorno di passeggiata, ma Cipollino non vide suo padre e nessuno seppe dargliene notizie. Rientrò nella cella piuttosto scoraggiato e si gettò sul tavolaccio. Aveva quasi perso ogni speranza.

Capitolo XXV

Per colpa di un pollo senza giudizio un postino cade in servizio

Che cos'era successo al Ragno postino?

Vi narrerò in due parole la sua storia.

Appena uscito dal carcere egli si avviò giú per il corso, camminando rasente al marciapiede per non essere travolto dalle carrozze. La ruota di una bicicletta lo sfiorò, minacciando di schiacciarlo: fece appena in tempo a scansarsi.

« Mamma mia, – pensò spaventato, – a momenti il mio viaggio finisce prima di incominciare ».

Per fortuna trovò un tombino e si calò nella fogna. Non aveva ancora messo dentro tutta la testa che si sentí chiamare.

Era un vecchio conoscente, un po' parente di suo padre, che anche lui, una volta, viveva nella cucina del Castello. Si chiamava Sette e mezzo, perché aveva sette zampe e mezza: l'altra metà l'aveva perduta per un colpo di scopa male assestato.

Ragno Zoppo lo salutò con molto rispetto e Sette e mezzo gli si mise al fianco, cominciando a parlare dei bei tempi.

Ogni tanto si fermava, per spiegare come erano andate le

cose quella volta della scopa, ma Ragno Zoppo tirava via, senza cedere alla tentazione di una bella chiacchierata.

– Ma dove vai con tanta fretta? – chiese infine Sette e mezzo.

– Vado a trovare mio cugino, – rispose evasivamente Ragno Zoppo, che non voleva stargli a raccontare tutta la storia di Cipollino, del Visconte e della Talpa.

– Quello che sta al Castello del Ciliegio? Mi ha giusto invitato a passare una settimana nel suo solaio. Quasi quasi vengo anch'io: in questo momento non ho affari urgenti.

Ragno Zoppo non sapeva se essere contento o no della compagnia. Ma poi pensò che in due il tempo passa prima e ci si aiuta se capita qualche inconveniente.

– Ben volentieri, – rispose, – se sei disposto a camminare un poco piú in fretta, perché ho una commissione da fare e non vorrei arrivare in ritardo.

– Fai sempre il postino in prigione? – domandò Sette e mezzo.

– Oh, adesso sono in licenza, – rispose Ragno Zoppo.

Sette e mezzo era un amico, ma certe cose non le devono sapere nemmeno gli amici.

Cosí chiacchierando, giunsero finalmente fuori di città e poterono uscire dalla fogna. Ragno Zoppo tirò un respiro di sollievo, perché là sotto c'era un cattivo odore che gli dava il voltastomaco. In breve furono tra il verde dei campi. Era una bella giornata, e il vento agitava dolcemente l'erba profumata. Sette e mezzo spalancava la bocca come se volesse respirare tutto il vento in una volta.

– Che delizia, – esclamava, – da tre anni non mettevo il naso fuori della mia fogna, ma adesso credo che non ci tornerò mai piú e mi stabilirò in campagna.

– La campagna è già molto popolata, – osservò Ragno

Zoppo, indicando al suo compagno una lunga fila di formiche, affaccendatissime a trascinare un bruco nel formicaio.

– A lor signori non piace la compagnia della gente, – malignò un grillo, affacciato sulla soglia del suo buco.

Sette e mezzo volle a tutti i costi fermarsi a spiegare al Grillo la sua opinione sulla campagna. Il Grillo rispose, Sette e mezzo ribatté, il Grillo esclamò, Sette e mezzo gridò, non la finivano piú di chiacchierare, e il tempo passava.

Molta gente si era intanto radunata ad ascoltare: grilli, coccinelle, e, a debita distanza, perfino qualche moscerino temerario. Un passero che fungeva da vigile urbano notò l'assembramento e si abbassò per disperderlo, adocchiando subito Sette e mezzo.

– Ecco un buon boccone per i miei piccoli, – borbottò tra sé.

Fu il moscerino a dare l'allarme:

– Attenzione, la polizia!

In un attimo non si vide piú nessuno, sembrava che la terra li avesse inghiottiti. Ragno Zoppo e Sette e mezzo si rifugiarono nella tana del Grillo, che chiuse precipitosamente la porta e rimase di guardia.

Sette e mezzo tremava come una foglia, e Ragno Zoppo cominciava a pentirsi di aver preso con sé un compagno cosí chiacchierone, che gli faceva perdere del tempo e attirava su di loro l'attenzione della polizia.

« Eccomi segnalato, – pensava tra sé il vecchio postino, – il passero ha certamente preso nota della mia presenza nel suo registro. E quando si è segnati là sopra è facile finir male ».

Si rivolse a Sette e mezzo e gli disse:

– Compare, come vedi, il viaggio è pericoloso. Che ne diresti se a questo punto ci dividessimo?

– Mi meraviglio molto di te, – esclamò Sette e mezzo, – prima mi convinci a seguirti per mare e per terra, poi mi vuoi lasciare nelle peste. Bell'amico, in fede mia.

– Sei stato tu a volermi seguire. Ma il punto non è questo. Io ho una commissione da fare al Castello e non intendo passare la giornata in questo buco, pur ringraziando il Grillo per la sua ospitalità.

– E io verrò con te, – dichiarò Sette e mezzo, – ho promesso a tuo cugino di andarlo a trovare e voglio tener fede alle mie promesse.

– Allora andiamo, – concluse Ragno Zoppo.

– Aspettate un minuto, guardo se c'è la polizia, – fece il Grillo.

Aprí cautamente la porta: il passero era ancora lí sopra. Volava basso scrutando diligentemente l'erba filo per filo.

Sette e mezzo tirò un lungo sospiro preoccupato e dichiarò che in quelle condizioni non avrebbe mosso un passo, e avrebbe impedito anche a Ragno Zoppo di muoversi.

– Non ti permetterò di arrischiare la vita, – disse, – ho conosciuto tuo padre e mi sento responsabile verso di lui della tua salvezza.

Non rimaneva che aspettare. E siccome il passero non diminuí per un istante la sorveglianza, tutta la giornata se ne andò in quella vana attesa. Solo al tramonto la polizia si ritirò nella sua caserma, ossia su un cipresso accanto al cimitero, e i nostri due viaggiatori poterono rimettersi la strada fra le zampe.

Ragno Zoppo era molto contrariato per aver perso tutto quel tempo. Durante la notte poterono compiere un bel po' di strada, ma a un certo punto Sette e mezzo dichiarò che era stanco e desiderava riposare.

– Non possiamo, – protestò Ragno Zoppo, – non possiamo assolutamente. Io non mi fermerò.

– Vorresti dunque lasciarmi a mezza strada, e per di piú di notte? Cosí tratti i vecchi amici di tuo padre? Ah, come vorrei che quel povero vecchio fosse qui per poterti rimproverare come meriti.

Tanto disse e tanto fece che Ragno Zoppo dovette rassegnarsi. Si cercarono un posticino sotto la grondaia di una chiesa e si accomodarono per dormire.

Ragno Zoppo, è inutile dirlo, non poté chiudere occhio e passò il tempo a guardare con rabbia il suo vecchio compagno di viaggio che russava beatamente.

– Se non fosse per lui a quest'ora sarei già arrivato e forse sarei già sulla strada del ritorno.

Appena il cielo cominciò a schiarirsi a oriente lo destò senza tanti complimenti.

– In cammino, – ordinò.

Ma dovette ancora aspettare che Sette e mezzo si facesse una accurata pulizia. Il vecchio chiacchierone si lavò coscienziosamente le sue sette zampe e mezza, e solo dopo questa operazione dichiarò che era pronto a proseguire.

La mattina passò senza ulteriori incidenti. Verso mezzogiorno, per nascondersi alla vista di un altro passero che si avvicinava minacciosamente, si infilarono in una specie di galleria. Quando ne uscirono, dopo essersi assicurati che il pericolo era passato, si trovarono in una larga radura senz'erba, pesticciata in tutti i sensi da impronte irriconoscibili.

– Strano posto, – osservò Sette e mezzo, – si direbbe che un intero esercito sia passato da queste parti.

Da un lato del piazzale si ergeva una costruzione bassa, dalla quale uscivano voci sospette.

– Io non sono curioso, – dichiarò ancora Sette e mezzo,

– ma darei un pezzettino della mia ottava zampa per sapere dove ci troviamo, e che gente abita là dentro.

Ragno Zoppo tirava via di buon passo, senza guardarsi attorno. Era stanco morto, perché non aveva chiuso occhio durante la notte, e gli doleva il capo a causa di un principio di insolazione. Aveva lo strano presentimento che non sarebbe mai arrivato alla meta. Gli pareva che il Castello, invece di avvicinarsi, si allontanasse sempre piú. Chissà poi se avevano conservato la direzione giusta: ormai avrebbero dovuto essere in vista almeno della torre piú alta. È vero che erano tutti e due vecchi e senza occhiali, perché non si è mai visto un ragno con gli occhiali, e può anche darsi che fossero passati accanto al Castello senza accorgersene...

Ragno Zoppo era assorto in questi pensieri quando un piccolo bruco verde passò accanto a loro a tutta velocità, gridando:

– Si salvi chi può! Arrivano le galline.

– Siamo perduti, – esclamò terrorizzato Sette e mezzo, che aveva sentito parlare di quei terribili animali. E spiccò la corsa con tutta l'energia delle sue sette zampe, saltellando sul moncone dell'ottava. Ragno Zoppo non fu cosí pronto, un po' perché era distratto, un po' perché non aveva mai sentito parlare delle galline. Quando una di quelle bestiacce enormi gli fu sopra, ebbe appena la presenza di spirito di staccarsi la bisaccia dal collo, di gettarla sulle spalle del vecchio amico, e di gridargli:

– Porta il messaggio a...

Ma non fece in tempo a dire a chi doveva essere portato il messaggio.

La gallina ne aveva fatto un solo boccone. Povero Ragno Zoppo, non avrebbe piú portato la posta di cella in cella, non si sarebbe piú fermato a chiacchierare con i prigionieri. Nessuno l'avrebbe piú visto arrampicarsi zoppicando su per i tetri, umidi muri del carcere.

La sua fine fu la salvezza di Sette e mezzo, che poté raggiungere la rete del pollaio – ecco cos'era quel gran piazzale – e mettersi in salvo prima che la gallina si voltasse dalla sua parte. Poi, per lo sforzo sostenuto e per la paura, svenne.

Quando rinvenne, non si ricordava piú dove fosse. Il sole stava per tramontare, dunque era rimasto svenuto parecchie ore. A pochi passi di distanza vide il profilo minaccioso della gallina, che per tutto quel tempo non lo aveva perso di vista, e aveva continuato a spennarsi il collo contro la rete, nel tentativo di raggiungerlo.

La vista del terribile becco gli ricordò improvvisamente la triste fine di Ragno Zoppo. Sette e mezzo versò una lacrima alla sua memoria, poi fece per alzarsi e allora si accorse che la sua mezza zampa era rimasta incastrata sotto un peso che la schiacciava. Scoprí la bisaccia che Ragno Zoppo gli aveva gettato al collo prima di morire, e che non aveva avuto il tempo di osservare prima. Gli vennero in mente anche le ultime parole del valoroso postino: « Porta il messaggio a... ».

« A chi? – si domandò Sette e mezzo. – E quale messaggio? Non farei meglio a gettare questa bisaccia nel primo fosso e tornarmene nella mia fogna? Là non vi sono passeri, non vi sono galline. Ci sarà un brutto odore, ma almeno non ci sono pericoli. Guarderò nella bisaccia, ma soltanto per curiosità ».

Cominciò a leggere i messaggi e a mano a mano che procedeva nella lettura gli venivano le lacrime agli occhi e doveva asciugarsele per poter continuare a leggere.

« E non mi aveva detto niente! E io che gli facevo perdere tempo con le mie chiacchiere, mentre aveva una

missione cosí importante da portare a termine. No, no, è chiaro: per colpa mia Ragno Zoppo è morto, tocca ora a me recapitare i suoi ultimi messaggi. E se io pure dovrò morire, avrò almeno fatto qualcosa per onorare la memoria di un fedele amico. Ho conosciuto suo padre nelle cucine del palazzo del Governatore: gran brava persona! Ho pianto sulla sua macchia, a metà strada tra il pavimento e il soffitto! »

Si mise dunque in strada, senza nemmeno ricordarsi di dormire, e verso l'alba giunse al Castello. Trovò facilmente la strada del solaio e lí fu accolto con molte feste da Ragno Cugino, a cui narrò tutte le sue avventure. Insieme recapitarono i messaggi a Ciliegino, che viveva sempre in soffitta per castigo. Poi Ragno Cugino propose a Sette e mezzo di passare tutta l'estate al Castello e il vecchio chiacchierone accettò volentieri: la strada del ritorno gli metteva troppa paura.

Capitolo XXVI

Alla fine, poveracci, scappano pure i Limonacci

Una mattina il Limonaccio che portava a Cipollino la zuppa di pane e acqua, dopo aver deposto per terra la ciotola, si assicurò che la porta della cella fosse ben chiusa e che nessuno potesse ascoltare, e alla fine bisbigliò:
– Tuo padre sta male. È molto ammalato.
Cipollino avrebbe voluto saperne qualcosa di piú, fare delle domande, ma il Limonaccio aggiunse solo che Cipollone non si poteva muovere dalla sua cella. E concluse:
– Bada bene di non dire a nessuno che te l'ho fatto sapere. Potrei perdere il posto, e ho una famiglia da mantenere.
Cipollino non rifiatò. Evidentemente non bastava la divisa a fare un Limonaccio. Il carceriere, in fondo, era solo un padre di famiglia che non aveva trovato un mestiere migliore per mantenere i suoi figli.
Piú tardi i prigionieri uscirono in cortile per la passeggiata e cominciarono come al solito a girare in tondo in tondo, mentre un Limonaccio segnava il passo battendo il tamburo:
– Unò... duè... unò... duè...
« Unò, – pensava Cipollino, – il Ragno postino è scom-

parso senza dar notizie di sé. Sono passati dieci giorni dalla sua partenza e ormai è certo che non ritornerà piú. Non ha consegnato il messaggio, altrimenti la Talpa sarebbe già arrivata. Unò... duè... Il babbo è malato e non c'è da pensare a farlo fuggire. Come trasportarlo? Come curarlo? Chissà per quanto tempo ci toccherebbe vivere alla macchia, senza medici e senza medicine. Caro Cipollino, lascia ogni speranza e rassegnati a passare il resto della tua vita in prigione ».

« E a restarci anche dopo morto », aggiunse mentalmente, dando un'occhiata al cimitero della prigione di cui si vedevano i cipressi spuntare dal muro del cortile.

Quel giorno la passeggiata sembrava anche piú triste del solito. I detenuti, nelle loro divise a strisce bianche e nere, camminavano con le spalle curve, e nessuno tentava nemmeno di attaccare col vicino, sottovoce, le solite conversazioni. Come per accompagnare la tristezza generale cominciò anche a piovere, ma i prigionieri non potevano mettersi al riparo perché la passeggiata si doveva fare con qualunque tempo.

A un tratto Cipollino si sentí chiamare per nome da una ben nota voce nasale.

« La Talpa! » pensò, mentre il sangue gli dava un tuffo per la gioia.

— Al prossimo giro, rallenta, — aggiunse la voce.

« Cara, vecchia Talpa, ce l'hai fatta ».

Cipollino affrettò il passo e urtò col piede il detenuto che gli camminava davanti. Questi si volse e protestò:

— Mi hai preso per un pallone?

— Passa la voce, — bisbigliò Cipollino, — tra un quarto d'ora saremo tutti fuori della prigione.

— Ma sei matto?

— Fa' come ti dico. State pronti. Si fugge durante la passeggiata. Fidati di me.

Il detenuto pensò che a fidarsi non ci perdeva nulla. Prima che il giro fosse terminato, il passo dei prigionieri era diventato piú energico, piú vivace. Le spalle si erano raddrizzate. Perfino il Limonaccio che suonava il tamburo se ne accorse, e credette bene di elogiare gli ergastolani:

– Cosí, cosí, – gridò, – fuori il petto, dentro la pancia, indietro quelle spalle... Unò... duè... unò... duè...

Non sembrava piú la passeggiata di un gruppo di detenuti, ma la marcia di un plotone di soldati.

Quando Cipollino giunse al punto in cui aveva udito la voce della Talpa rallentò.

– La galleria è pronta. L'imboccatura si trova un passo a sinistra dei tuoi piedi. Non hai che da saltare e la terra sprofonderà, perché ne abbiamo lasciata solo una crosta sottilissima.

– Cominceremo al prossimo giro, – rispose Cipollino.

La Talpa disse ancora qualcosa, ma Cipollino era già passato oltre.

Urtò di nuovo col piede il detenuto che gli camminava davanti e bisbigliò:

– Al prossimo giro, quando ti urto col piede, gettati un passo a sinistra e salta battendo forte per terra.

Il prigioniero avrebbe voluto fare delle domande, ma in quel momento il Limonaccio che suonava il tamburo guardava proprio dalla sua parte.

Bisognava fare qualcosa per distrarlo. Subito un prigioniero gridò:

– Ahi!

– Che cosa succede? – strepitò il Limonaccio voltandosi di scatto.

– Mi hanno pestato un callo.

Mentre il Limonaccio scrutava minacciosamente la fila per cercare il colpevole, alle sue spalle Cipollino diede il segnale: il detenuto balzò fuori della fila, picchiò i piedi in terra e sprofondò. Rimase un'apertura abbastanza larga perché ci potesse passare un uomo e Cipollino fece correre la voce:

– A ogni giro fuggirà un prigioniero, quello che io urterò col piede.

Cosí fu. A ogni giro un prigioniero balzava a sinistra, saltava nel buco e scompariva. Per prevenire il pericolo che il Limonaccio se ne accorgesse, dall'altra parte c'era sempre qualcuno che strillava forte forte:

– Ahi! Ahi!

– Che succede? – tuonava il Limonaccio.

– Mi hanno pestato un callo! – rispondeva una voce lamentosa.

– Questa mattina non fate altro che darvi pedate. State piú attenti.

Dopo cinque o sei giri, il Limonaccio cominciò a sentirsi piuttosto inquieto. Guardava il cerchio dei prigionieri che gli facevano intorno il solito girotondo e pensava:

« Strano, giurerei che la fila si è accorciata ».

Poi trovava che la sua era proprio una stupida fissazione. Ma subito dopo ripeteva:

– Eppure, eppure mi sembrano di meno.

Per convincersi che la sua impressione era sbagliata cominciò a contare i prigionieri; ma siccome questi giravano in tondo, gli capitò di non ricordarsi da quale aveva cominciato a contare e li contò due volte. Cosí il conto non tornava, perché il totale era aumentato.

– Com'è possibile? Che stupida cosa l'aritmetica.

Avrete già capito che il povero Limonaccio non era troppo forte in quella materia. Ricominciò il conto da capo, e ogni volta che li contava i prigionieri crescevano di numero. Infine decise di non contarli piú, per non confondersi le idee. Guardò la fila, si fregò gli occhi: i prigionieri si erano ridotti alla metà.

Alzò gli occhi al cielo per vedere se qualche prigioniero veleggiasse tra le nuvole e proprio in quel momento un altro ergastolano saltò nella galleria e scomparve.

Cipollino non aveva cessato tutto il tempo di pensare a suo padre. Ogni volta che un prigioniero, davanti a lui, saltava a sinistra e si infilava nella galleria, gli si stringeva il cuore:

« Oh, se fosse il mio babbo! »

Ma Cipollone era chiuso nella sua cella e non c'era da pensare a liberarlo. Cipollino decise in cuor suo che avrebbe fatto fuggire tutti i prigionieri e lui sarebbe rimasto con il padre. Non voleva la libertà, se non poteva goderne anche il vecchio Cipollone.

Ecco, ora non restavano che quindici prigionieri, dieci, nove, otto, sette... Il Limonaccio, sbalordito, continuava meccanicamente a suonare il tamburo.

« Qui il diavolo ci ha messo la coda, – pensava sgomento fra sé, – a ogni giro ne scompare uno. Che devo fare? Mancano ancora sette minuti a finire la passeggiata. Il regolamento è regolamento. E se prima della passeggiata sono scomparsi tutti? Ecco, ora ne restano solo sei. Ma che dico? ne restano solo cinque ».

Cipollino aveva la morte nel cuore. Provò a chiamare la Talpa ma non ottenne risposta: avrebbe voluto salutarla, dirle perché non poteva fuggire. In quel momento, il Limonaccio, finalmente deciso a porre termine all'incantesimo che gli aveva fatto sparire sotto il naso tutti i prigionieri, gridò:

– Alt!

Restavano quattro prigionieri e Cipollino.

Si fermarono sull'attenti e si guardarono in faccia.

– Via presto, – gridò Cipollino, – prima che il Limonaccio dia l'allarme.

I prigionieri non se lo fecero ridire: uno dopo l'altro si tuffarono nella galleria. Cipollino non si muoveva, ma a un tratto si sentí afferrare per le gambe. I suoi compagni avevano indovinato il suo pensiero e senza tanti complimenti lo tirarono giú nella galleria.

– Non fare lo stupido, – gridavano, – fuori di prigione potrai essere piú utile al tuo babbo che dentro. Vieni via, presto!

– Aspettatemi, aspettatemi! – supplicava piangendo il Limonaccio, che aveva finalmente scoperto il trucco, – vengo anch'io. Non abbandonatemi! Il Principe mi farebbe impiccare. Fatemi venire con voi.

– Aspettiamolo, – ordinò Cipollino, – dobbiamo anche

alla sua scarsa conoscenza dell'aritmetica se siamo riusciti a fuggire.

– Però facciamo presto, – esortò una voce nasale al suo fianco, – qui c'è tanta luce che non vorrei prendermi un'insolazione.

– Vecchia Talpa, – esclamò Cipollino, – non possiamo fuggire. Il mio babbo è malato e chiuso nella sua cella.

La Talpa si grattò la testa. – Ho visto dov'è la sua cella, – disse poi, – ho studiato molto bene la pianta del carcere che mi hai mandata. Ma faremo in tempo? Avresti dovuto avvisarmi prima.

Lanciò un richiamo, e in meno che non si dica un centinaio di talpe si radunarono zampettando davanti a Cipollino.

– Dobbiamo scavare un'altra piccola galleria, – annunciò la vecchia Talpa. – Questione di un quarto d'ora.

Le talpe non stettero nemmeno a pensarci, e si lanciarono nella direzione indicata. In pochi minuti la cella di Cipollone fu raggiunta. Cipollino vi balzò dentro per il primo; il suo babbo era là, sdraiato sul tavolaccio e delirava.

Fecero appena in tempo a farlo scendere nella galleria, mentre nelle celle irrompevano le guardie che stavano facendo il giro del carcere per cercare i prigionieri, non riuscendo a spiegarsi la loro scomparsa.

Quando si resero conto che i prigionieri erano fuggiti, pensarono spaventati alle terribili punizioni che avrebbero ricevute dal Principe e tutti d'accordo gettarono le armi e si infilarono a loro volta nella galleria scavata dalle talpe.

Giunti in aperta campagna, entrarono nelle case dei contadini, si spogliarono delle divise e indossarono abiti da lavoro.

Gettarono via anche i campanelli che avevano sul berretto: raccogliamoli noi, e diamoli ai bambini da giocare.

Come dite? Cipollino?

Ah, la Talpa e Cipollino, credendosi inseguiti dalle guardie, si erano allontanati per un'altra galleria, abbandonando il condotto che portava in campagna. Ecco perché le guardie non li avevano raggiunti.

Ma adesso dove si trovano?

Pazienza, lo saprete.

Capitolo XXVII

Prima corrono i cavalli
poi corre Limone per monti e per valli

Il Principe Limone aveva dato una grande festa.

– Bisogna che i miei sudditi si divertano, – diceva il Principe Limone, – cosí non avranno tempo di pensare ai loro guai.

Aveva organizzato una grande corsa di cavalli, a cui partecipavano tutti i Limoni di corte, di primo, di secondo e di terzo grado, naturalmente nella parte di cavalieri, non in quella di cavalli.

La specialità di quella corsa era che i cavalli dovevano correre tirando dei carri frenati. Prima della partenza i Limoni applicarono alle ruote certi freni pesantissimi e il Principe passò lui stesso l'ispezione per vedere se funzionavano.

Quando il Principe diede il via, i cavalli puntarono gli zoccoli, inarcarono le zampe e cominciarono a tirare con tutta la loro forza, perdendo bava dalla bocca. Ma i carri non si muovevano d'un palmo. Allora i Limoni misero in azione le loro lussuosissime fruste, battendoli ferocemente. Qualche carro si mosse di pochi centimetri, e il Principe, soddisfatto, batté le mani. Poi scese lui stesso nell'arena e cominciò a frustare i cavalli a destra e a sinistra, divertendosi un mondo.

– Frustate il mio, Altezza! – gridavano i Limoni per fargli piacere.

Il Principe frustava a piú non posso.

I cavalli, impazziti dal terrore, piegavano le zampe che pareva si dovessero spezzare.

Quel gioco crudele era stato inventato dal Principe, perché, diceva lui:

– Tutti i cavalli sono capaci di correre se gli sciogliete la briglia! Io voglio vedere quello che sono capaci di fare se li tenete fermi.

In verità, gli piaceva frustare i cavalli, e organizzava quelle feste per sfogarsi.

La gente inorridiva, ma era costretta ad assistere al feroce spettacolo, perché se il Principe aveva deciso che la gente si divertisse, la gente doveva divertirsi per forza.

A un tratto rimase con la frusta alzata, mentre gli occhi gli uscivano dalla testa. Le gambe cominciarono a tremargli, il suo viso divenne piú giallo che mai, e sotto il berretto giallo i capelli si rizzarono, tanto che il campanello d'oro squillò disperatamente.

Il povero Principe aveva visto la terra aprirsi davanti ai suoi piedi.

Prima si era formata una crepa, poi un'altra, poi era apparsa una gobba in mezzo al selciato, una gobba di terriccio come quelle che in campagna le talpe innalzano in un batter d'occhio. In fine la gobba si spaccò, la spaccatura si allargò, comparve una testa, due spalle, e un piccolo vivace personaggio balzò fuori dalla terra, aiutandosi con i gomiti e con i ginocchi: Cipollino!

Si udí la voce nasale della Talpa che gridava spaventata: – Cipollino, torna indietro, abbiamo sbagliato strada.

Ma Cipollino non l'udiva nemmeno. A trovarsi davanti la faccia sudata e spaventata del Principe Limone, che brandiva la frusta col braccio alzato, immobile come una statua di sale, il cuore gli aveva dato un balzo.

Senza riflettere a quel che faceva, si avvicinò al Governatore e gli strappò di mano la frusta. La brandí e la fece schioccare per aria un paio di volte, come per provarla, poi l'abbassò con violenza sulle spalle del Principe Limone, che era troppo atterrito per scansarsi, e si prese la frustata sulla schiena.

– Ahi! – gridò il Governatore.

Cipollino alzò la frusta e l'abbassò di nuovo. Allora il Governatore si voltò e fuggí via a gambe levate.

Quello fu il segnale. Dietro a Cipollino comparvero come per incanto i prigionieri fuggiti dall'ergastolo e la folla li riconobbe uno dopo l'altro con grida di gioia. Il padre riconosceva il figlio, la sposa riconosceva il marito.

In un momento i Limoncini furono sopraffatti, la folla si riversò nel corso e prese sulle spalle i prigionieri per portarli in trionfo.

I Limoncini di corte, spaventatissimi, tentarono di scappare. Ma i carri, come sapete, erano frenati, e non si muovevano di un palmo: cosí i Limoni furono presi e legati come salami.

Il Principe Limone, invece, aveva fatto in tempo a balzare sulla sua carrozza, che, non partecipando alla corsa, non era frenata, e poté allontanarsi velocemente. Non pensò nemmeno di recarsi al suo Palazzo, e prese invece la strada dei campi, picchiando i cavalli con un bastone per farli galoppare piú in fretta. I cavalli, ubbidienti, galopparono tanto in fretta che la carrozza si rovesciò, e il Principe Limone andò a ficcarsi a testa in giú in un letamaio.

« Un posto adatto per lui », avrebbe detto Cipollino se lo avesse potuto vedere.

Capitolo XXVIII

Pomodoro mette una tassa
sui temporali e la nebbia bassa

Proprio mentre in città si svolgevano le grandi corse dei cavalli frenati, in una sala del Castello del Ciliegio, che fungeva da aula del Tribunale, Pomodoro aveva fatto convocare gli abitanti del villaggio per decidere una causa molto importante.

Presidente, manco a dirlo, era lo stesso Pomodoro. Avvocato il sor Pisello. Don Prezzemolo fungeva da usciere, e scriveva le risposte in un registro con la mano sinistra, per poter continuare a soffiarsi il naso con la destra.

La gente era abbastanza spaventata, perché ogni volta che si radunava il Tribunale erano guai. L'ultima volta, per esempio, il Tribunale aveva deciso che l'aria era proprietà delle Contesse del Ciliegio, e che quindi si dovesse pagare per respirare. Una volta al mese Pomodoro faceva il giro delle case, faceva respirare profondamente in sua presenza i cittadini e prendeva le misure del loro respiro: poi faceva alcune moltiplicazioni e concludeva fissando la cifra della tassa.

Il sor Zucchina, che come sapete sospirava continuamente, era quello che pagava più di tutti.

Il Cavalier Pomodoro prese per primo la parola e disse:

– Negli ultimi tempi le entrate del Castello sono state piuttosto scarse. Come sapete, le due povere vecchie signore, orfane di padre, di madre e di zii, sono nella piú squallida miseria, e si trovano nella triste necessità di mantenere anche il duchino Mandarino e il barone Melarancia, per non lasciarli morire di fame.

Mastro Uvetta lanciò un'occhiataccia al Barone, che sedeva in un angolo con gli occhi chiusi, e assaporava mentalmente una lepre in salmí con contorno di passerotti.

– Qui non si danno occhiatacce, – ammoní severamente Pomodoro, – smettetela di guardare a quel modo altrimenti faccio sgomberare l'aula.

Mastro Uvetta si affrettò a guardare la punta delle proprie scarpe.

– Le nobili Contesse, nostre amate padrone, hanno dunque presentato richiesta scritta in carta da bollo per ottenere il riconoscimento di un loro importante diritto. Avvocato, date lettura del documento.

Il sor Pisello si alzò, si schiarí la voce, gonfiò il petto con aria d'importanza e cominciò a leggere:

– Le qui segnate Donna Prima e Donna Seconda Del Ciliegio ritengono che, essendo padrone dell'aria, devono essere riconosciute anche padrone della pioggia. Esse chiedono perciò a tutti i cittadini il pagamento di una tassa di cento lire per un acquazzone semplice, di duecento lire per un temporale con tuoni e lampi, di trecento lire per una nevicata e di quattrocento lire per una grandinata. Per rugiada, nebbia alta e bassa, brina, la tassa è ridotta a lire cinquanta. Seguono le firme.

Il sor Pisello si sedette.

Il Presidente domandò:

– Sono in regola le carte da bollo?

– Sí, signor Presidente, – rispose il sor Pisello, balzando nuovamente in piedi.

– Benissimo, – concluse Pomodoro, – se le carte da bollo sono in regola le Contesse hanno ragione, e questo Tribunale si ritira per pronunciare la sentenza.

Il Cavaliere si alzò, raccolse la toga nera che gli era scivolata dalle spalle e si ritirò in uno stanzino per stendere la sentenza del Tribunale.

Pero Pera diede una leggera gomitata al suo vicino, Pirro Porro, e bisbigliò timidamente:

– Trovate giusto che si debba pagare anche per la grandine e per la nebbia? Capisco per la pioggia e per la neve, che recano vantaggio alla campagna. Ma una grandinata è già una bella sventura da sola, ed ecco che proprio sulla grandine mettono la tassa piú alta. E la nebbia non provoca forse un gran numero di disastri per terra e per mare?

Pirro Porro non rispose. Continuava a lisciarsi nervosamente i baffi, aiutato dalla moglie che cosí sfogava la bile.

Mastro Uvetta si cercò in tasca una lesina per grattarsi la testa, ma si ricordò che prima di entrare in aula aveva dovuto consegnare le armi. Don Prezzemolo non perdeva d'occhio l'aula e segnava continuamente a verbale:

« Pero Pera ha bisbigliato. Pirro Porro si liscia i baffi. Sora Zucca sbuffa. Il sor Zucchina sospira due volte ».

Faceva proprio come quegli scolari che la maestra manda alla lavagna per fare la spia ai compagni, e mentre lei è in corridoio a parlare con le sue colleghe scrivono i nomi dei buoni e dei cattivi.

Nella colonna dei buoni, don Prezzemolo scrisse:

« Il duchino Mandarino è buono. Il barone Melarancia è buonissimo. Sta mangiando il trentaquattresimo passerotto ».

« Ah, – pensava Mastro Uvetta, – se ci fosse qui Cipollino, certe cose non succederebbero. Da quando Cipollino è in prigione, siamo trattati come schiavi, senza mai poter aprir bocca, per paura che don Prezzemolo ci segni nel suo libraccio ».

Difatti quelli che don Prezzemolo segnava nella colonna dei cattivi, dovevano poi pagare la multa. Mastro Uvetta pagava quasi una multa al giorno, e certi giorni perfino due.

Finalmente la Corte, ossia Pomodoro, rientrò nell'aula delle udienze.

– In piedi! – ordinò don Prezzemolo, il quale però rimase seduto.

– Vi do lettura della sentenza, – disse il Cavaliere. – Eccola: « Il Tribunale riconosce che le Contesse hanno il diritto di far pagare l'affitto sulla pioggia e sulle altre intemperie. Però stabilisce quanto segue: ogni cittadino dovrà versare all'Amministrazione del Castello il doppio di quanto le Contesse hanno chiesto ».

La sala fu percorsa da un mormorio.

Tutti guardarono spaventati fuori delle finestre, sperando di vedere il cielo sereno. Purtroppo invece, videro che stava avvicinandosi un temporale.

« Mamma mia, – pensò Mastro Uvetta, – ecco quattrocento lire da pagare ».

– Maledizione alle nuvole.

Anche Pomodoro guardò fuori della finestra, e la sua faccia grassa e rossa si spianò in un bellissimo sorriso.

– Eccellenza, – gridò il sor Pisello, – siamo fortunati. Il barometro si abbassa. Avremo certamente cattivo tempo.

Tutti gli lanciarono un'occhiata di odio, meritandosi un brutto segno da don Prezzemolo, che non ne perdonava una.

Quando il temporale scoppiò davvero, di lí a qualche minuto, il sor Pisello si mise addirittura a saltare sul banco del Presidente e Mastro Uvetta, con tutta la sua rabbia, dovette accontentarsi di guardare piú fissamente la punta delle proprie scarpe per non beccarsi un'altra multa.

La povera gente del villaggio guardava la pioggia che cadeva come avrebbe guardato il finimondo. I tuoni gli parevano altrettante cannonate. I lampi, era come se gli scoppiassero nel cuore.

Don Prezzemolo si bagnò la matita copiativa sulla lingua e cominciò rapidamente a calcolare quanto ci guadagnava, con tutta quella grazia di Dio, l'Amministrazione del Castello. Ne venne fuori una bella cifra, e contando anche le multe addirittura un piccolo patrimonio.

La sora Zucca cominciò a piangere, e la moglie di Pirro Porro la imitò subito, bagnando da cima a fondo i baffi di suo marito, che adoperava per asciugarsi gli occhi.

Pomodoro si arrabbiò moltissimo e li cacciò tutti fuori dell'aula.

I poveretti uscirono sotto l'acqua e s'incamminarono giú per la discesa senza nemmeno affrettare il passo. Non gli importava niente di bagnarsi e di prendersi un raffreddore. Quando uno ha un male grosso, quelli piccoli non li sente nemmeno.

Prima di arrivare al villaggio c'era un passaggio a livello, e i nostri dovettero fermarsi, perché stava per arrivare il treno. Veder passare il treno al passaggio a livello è sempre uno spettacolo interessante. Si vede la macchina venire avanti sbuffando e gettando fumo dai fumaioli. Nella sua cabina il macchinista, con un fiore in bocca, tira allegramente la cordicella del fischio. Ai finestrini si affaccia la gente che è stata alla fiera, i contadini col tabarro, le contadine col fazzoletto nero in testa. Sull'ultimo vagone...

– Giusto cielo, – esclamò la sora Zucca, – guardate un po' sull'ultimo vagone.

– Si direbbe, – arrischiò timidamente il sor Zucchina, – si direbbero orsi.

Tre orsi stavano affacciati ai finestrini e guardavano con interesse il paesaggio.

– Questa non si è mai vista, – dichiarò Pirro Porro, mentre i baffi gli si sollevavano per la sorpresa.

Uno dei tre orsi li salutava con grandi gesti.

– Villano screanzato, – gli gridò dietro Mastro Uvetta, – hai anche la faccia tosta di prenderci in giro.

Macché, l'orso continuava a salutarli, e anche quando il treno fu passato, si sporgeva dal finestrino agitando la zampa e si sporse tanto che fu per cadere. Per fortuna gli altri due orsi lo afferrarono per la coda e lo tirarono dentro.

I nostri amici giunsero davanti alla stazione proprio mentre il treno si fermava. Ed ecco di nuovo i tre orsi, che uscivano dondolandosi gravemente. Il piú anziano dei tre consegnò i biglietti al facchino.

– Sono tre orsi saltimbanchi, – disse con disprezzo Mastro Uvetta, – sono venuti certamente con l'intenzione di dar spettacolo. Ora si vedrà il domatore. Sono sicuro che si tratta di uno di quei vecchi tedeschi con la barba rossa e con un piffero di legno.

Il domatore invece era piccoletto, aveva un berrettino verde, un paio di pantaloni blu pezzati sul ginocchio... un musetto vispo e intelligente, con l'espressione di chi ne sta pensando una bella.

– Cipollino! – gridò Mastro Uvetta mettendosi a correre.

Era proprio Cipollino, che prima di tornare in campagna era passato allo zoo e aveva liberato la famiglia degli orsi. Il guardiano era stato tanto contento di rivederlo, che gli avrebbe regalato anche l'Elefante, se l'avesse voluto.

Ma l'Elefante non volle credere che c'era stata la Rivoluzione e rimase nella sua stalla, a scrivere le sue memorie.

Figuratevi gli abbracci, i baci, i racconti, eccetera eccetera.

E tutto sotto la pioggia, questo è il bello: quando uno è contento, i piccoli guai non gli importano niente, e non gli importa niente se prende il raffreddore.

Pero Pera continuava a stringere la zampa all'orsacchiotto piú giovane, balbettando commosso:

– Vi ricordate quando avete ballato al suono del violino?

L'orsacchiotto se ne ricordava e cominciò subito a ballare mentre i ragazzi battevano le mani.

Naturalmente Ciliegino fu subito avvisato del ritorno di Cipollino: e giú altri abbracci e baci a non finire.

– Adesso basta con le feste, – disse a un certo punto Cipollino, – debbo esporvi un piccolo piano.

Mentre Cipollino espone il suo piano, andiamo un po' a vedere che ne è stato del Principe Limone.

Capitolo XXIX

Qui Limone per la paura
cambia le leggi di natura

Abbiamo lasciato il Governatore con la testa infilata in un letamaio, con la scusa che ci stava comodo.

– Qui si sta caldi e tranquilli, – diceva il Governatore, sputando il letame che gli entrava in bocca. – Resterò qui finché le mie guardie avranno ripristinato l'ordine pubblico.

Essendo scappato senza voltarsi indietro, non sapeva nemmeno che le sue guardie avevano tagliato la corda, che i suoi Limoni riempivano le prigioni e che era stata proclamata la Repubblica.

Quando la pioggia cominciò a innaffiargli abbondantemente il di dietro, il Principe cambiò idea:

– Questo posto è umido, – disse, – è meglio che me ne cerchi uno piú asciutto.

Raddoppiò gli sgambettamenti e infine gli riuscí di tirarsi fuori dal letamaio.

Allora si accorse di essere a pochi passi dal Castello del Ciliegio.

– Come diavolo sono venuto a finir qui? – si domandò, nettandosi gli occhi dal letame.

Si nascose dietro un pagliaio per lasciar passare una strana processione di gente – e voi sapete di chi si trattava, – poi si avviò su per la salita. Suonò il campanello e Fragoletta gli venne ad aprire.

– Le Contesse non ricevono mendicanti, – disse la fanciulla sbattendogli la porta sul muso.

– Ma quale mendicante, io sono il Governatore!

Fragoletta lo guardò con compassione:

– Pover'uomo, – disse, – la miseria vi ha dato alla testa.

– Ma quale miseria, sono ricchissimo!

– A vedervi non si direbbe, – aggiunse Fragoletta, pulendogli la faccia col fazzoletto.

– Lasciatemi stare con quel moccichino e annunciatemi alle Contesse.

– Che cosa succede? – domandò don Prezzemolo, che passava di lí soffiandosi il naso.

– C'è un poveretto che crede di essere il Governatore.

A don Prezzemolo bastò un'occhiata per riconoscere il Principe.

– Mi son travestito cosí per osservare da vicino il mio popolo, – dichiarò Limone, che si vergognava dello stato in cui si trovava.

– Altezza, si accomodi, – esclamò emozionato don Prezzemolo, inchinandosi fino a terra.

Il Governatore entrò, fulminando con un'occhiata Fragoletta.

Le Contesse non finivano mai di lodare la premura del Governatore verso il suo popolo.

– Vedete quali disagi gli tocca affrontare.

– Tutto per il bene del popolo, – rispondeva il Governatore, senza neanche arrossire, perché non si è mai visto un Limone rosso.

– E Vostra Altezza come ha trovato il suo popolo?

– Felice e contento, – dichiarò il Principe. – Non conosco un popolo piú felice del mio.

E non sapeva di dire la verità: il suo popolo era difatti felice, in quel momento, ma solo perché si era sbarazzato di lui.

– Vostra Altezza desidera un cavallo per tornare al Palazzo? – domandò Pomodoro.

– No, no, – rispose vivacemente il Principe, – aspetterò che passi la bufera.

– Faccio rispettosamente osservare, – disse il Cavaliere, stupito, – che il temporale è finito, e che splende di nuovo il sole.

– Avete il coraggio di contraddirmi? – strillò il Principe battendo i piedi.

– Veramente non capisco la vostra audacia, – osservò il barone Melarancia, – se Sua Altezza dice che c'è un temporale, per me questa è la verità.

Cominciarono tutti a parlare del tempo.

– Che brutto tempo, – diceva Donna Prima, guardando dalla finestra nel giardino, in cui il sole faceva brillare come gemme i fiori bagnati dal temporale di poco prima.

– Che acquazzone orribile! Guardate come viene per traverso! – disse Donna Seconda, guardando un raggio di sole che scendeva da una nube a specchiarsi nel laghetto dei pesci rossi.

– Sentite che tuoni! – disse il duchino Mandarino, tappandosi le orecchie e fingendo di essere spaventatissimo.

– Fragoletta, – gridò Donna Prima, con una trovata geniale, – corri subito a chiudere tutte le imposte!

Fragoletta si affrettò a chiudere le imposte e in breve in tutte le camere regnò il buio assoluto.

Nel salone accesero la luce, e Donna Seconda sospirò:

– Che notte terribile!

– Io ho paura, – disse il Principe Limone in un momento di sincerità.

Tutti quanti, per fargli coraggio, si misero a tremare come canne. Pomodoro a un certo punto si avvicinò a una finestra, scostò l'imposta e arrischiò timidamente:

– Mi pare che il temporale stia cessando.

– No, no, non cessa! – strillò il Principe, gettando un'occhiata di traverso al raggio di sole che era entrato gloriosamente nella stanza.

Pomodoro si affrettò a chiudere, ammettendo che, difatti, continuava a piovere a dirotto.

– Altezza, – sospirò il Barone che non vedeva l'ora di mettersi a tavola, – non vorreste gradire un boccone?

No, il Principe non voleva gradire.

– Con questo tempo, – disse, – non ho proprio fame.

Il Barone non capiva che rapporto ci fosse tra il tempo e la cena, ma siccome tutti avevano cominciato a dire che il temporale gli aveva fatto perdere l'appetito, anche lui dichiarò:

– Io dicevo per dire, Altezza. A me i lampi mi danno un tale mal di stomaco che non potrei mandar giú nemmeno un brodino.

In verità, se avesse potuto, avrebbe sgranocchiato volentieri un paio di sedie, ma non era il caso di contraddire il Governatore.

Il quale, finalmente, stanco per le emozioni della giornata, si addormentò sulla sedia. Gli gettarono addosso una coperta e andarono a cena.

Pomodoro mangiò pochissimo, poi si alzò in fretta e disse che andava a coricarsi. Invece scivolò in giardino e si diresse verso il villaggio.

« Voglio un po' dare un'occhiata di persona. La paura del Principe è molto sospetta. Non mi meraviglierei che fosse scoppiata la Rivoluzione ».

Quella parola gli fece venire i brividi alla schiena. Si proibí di pensarla ancora, ma piú se lo proibiva e piú la pensava. La paroletta maledetta gli ballava davanti agli occhi in tutte le lettere: R come Roma, I come Imola, V come Venezia eccetera eccetera.

A un tratto gli parve che qualcuno lo seguisse. Si appiattò dietro una siepe e attese. Dopo qualche minuto gli passò davanti il sor Pisello, che si muoveva con prudenza come se camminasse sulle uova. L'avvocato era molto sospettoso: avendo visto il Cavaliere che sgattaiolava nel parco, si era messo sulle sue tracce.

Pomodoro stava per uscire dal suo nascondiglio quando apparve un'altra ombra.

Si rincantucciò dietro la siepe per lasciarla passare. Stavolta era don Prezzemolo, che aveva deciso di spiare l'avvocato. Col suo nasone aveva fiutato che stava succedendo qualcosa di grosso, e non voleva essere lasciato all'oscuro.

Il duchino Mandarino, invece, aveva fiutato odore di Prezzemolo, perciò eccolo, poco dopo, sulle tracce dell'istitutore.

– Non mi meraviglierei che comparisse anche il Barone, – mormorò Pomodoro, trattenendo il fiato per non farsi scoprire.

Difatti ecco anche il Barone. Avendo visto uscire il Duchino, aveva pensato che si recasse a qualche cenetta di nascosto e aveva deciso di non perdere l'occasione per una bella scorpacciata. Fagiolone ansava, tirando la carriola, ma al buio non poteva vedere né i sassi né le buche, cosí il Barone doveva sopportare certi scossoni che avrebbero fatto arrabbiare un ippopotamo.

Dopo il Barone non passò piú nessuno. Pomodoro uscí dal suo nascondiglio e si dispose a seguirlo.

Cosí passarono le ore a pedinarsi: il sor Pisello cercava

invano di raggiungere Pomodoro, che invece era diventato l'ultimo della fila; don Prezzemolo pedinava il sor Pisello; il Duchino inseguiva don Prezzemolo; il Barone non perdeva di vista il Duchino e Pomodoro camminava sulle tracce del Barone. Ciascuno studiava attentamente i movimenti di quello che gli stava davanti, senza sospettare di essere a sua volta spiato. Qualche volta, nel pedinarsi, invertivano l'ordine degli addendi, ossia il sor Pisello, che era il primo, diventava il secondo perché don Prezzemolo, prendendo per un vicolo, gli aveva tagliato la strada. Allora non avevano pace fin che non avevano ristabilito l'ordine di partenza. Impiegando la notte intera a spiarsi l'un l'altro, non ebbero tempo di spiare altre cose, e all'alba ne sapevano come prima. Per giunta erano stanchi morti. Si decisero a tornare al Castello. Incontrandosi nei viali del parco, si salutavano e si informavano della propria salute, raccontandosi un sacco di bugie.

– Dove siete stato? – domandava Pomodoro al sor Pisello.

– Sono stato a far da testimone a mio fratello che si è sposato.

– Strano, di solito i matrimoni non si celebrano di notte.

– Mio fratello è piuttosto stravagante, – rispose l'avvocato.

Pomodoro sogghignò: dovete sapere infatti che il sor Pisello non aveva fratelli.

Don Prezzemolo disse che era andato alla posta, il Duchino e il Barone dissero tutti e due che erano andati a pescare e si meravigliarono molto perché non si erano incontrati.

Erano cosí stanchi che camminavano con gli occhi chiu-

si, cosí uno solo di loro vide che sulla torre del Castello sventolava la bandiera della Repubblica.

L'avevano piantata Cipollino e Ciliegino quella stessa notte, e adesso stavano lassú in attesa degli eventi.

Capitolo XXX

Gran finale: tutti al Castello con Prezzemolo bidello

Quell'uno solo che aveva visto la bandiera della Repubblica piantata sulla torre, pensò che si trattasse di uno scherzo di Ciliegino, e decise di fare subito due cose: primo, strappare quell'orribile straccio; secondo, dare un paio di sculacciate al Visconte, perché questa volta « aveva passato il segno ».

Eccolo dunque, quell'uno, che sale i gradini a quattro a quattro e a ogni passo si gonfia dalla rabbia. Si gonfia sempre piú, ho perfino paura che quando sarà arrivato in cima non riuscirà a passare per la porticina che dà sul terrazzo della torre. Sento i suoi passi terribili che rimbombano nel silenzio come martellate. Tra poco sarà in cima. Passerà, non passerà? Quanto scommettiamo?

Ecco, è arrivato. Avevate scommesso?

Bene, hanno vinto quelli che hanno scommesso che non ci passava. Per la rabbia, difatti, Pomodoro – era lui che saliva le scale, non l'avevate ancora riconosciuto? – si è gonfiato tanto che la porta è troppo stretta.

E adesso lui è lí, a due passi dalla terribile bandiera che sventola al sole, e non può strapparla, non può nemmeno sfiorarla con le dita. E accanto all'asta della bandiera, accanto al Visconte che si pulisce nervosamente gli occhiali, chi vede se non Cipollino in persona, l'odiato nemico che lo ha fatto piangere per la prima volta?

– Buongiorno, signor Cavaliere, – disse Cipollino inchinandosi.

Attento, Cipollino! Peccato, quel bell'inchino ha portato la sua testa alla distanza giusta: Pomodoro non ha che da allungare le mani e il nostro eroe è afferrato per i capelli, come il giorno del suo arrivo.

Pomodoro è talmente arrabbiato che non si ricorda piú dell'effetto che gli fece quella tiratina di capelli e tira di nuovo, con tanta forza, che va a finire allo stesso modo: una ciocca gli resta in mano e subito Pomodoro sente quel terribile pizzicorino agli occhi e le lacrime gli cadono dalle palpebre, grosse come noci e sul pavimento fanno *tac, tac...*

Questa volta però Pomodoro non piangeva solo per effetto dei capelli.

Piangeva anche di rabbia, perché aveva compreso tutto.

« È la fine! È la fine! » pensava amaramente il Cavaliere, annegando nelle proprie lacrime.

E noi lo lasceremmo annegare volentieri ma Cipollino è generoso e lo salva, cosí Pomodoro può scappare giú per la torre e andare a chiudersi nella sua stanza a piangere.

Che babilonia, allora, ragazzi.

Si sveglia il Principe, corre fuori, vede la bandiera e senza dire né uno né due infila un viale e va a gettarsi di nuovo a capofitto in un letamaio, nella speranza che non lo trovino.

Si sveglia il Barone e chiama Fagiolone, Fagiolone non si sveglia, ma comincia a tirare la carriola a occhi chiusi. Quando però arrivano nel cortile del Castello, la luce del sole lo sveglia. Ma si vede un'altra luce, oltre quella del sole. Che cos'è? Fagiolone alza gli occhi e vede la bandiera, e appena la vede è come se avesse ricevuto la scossa elettrica.

– Tieni la carriola! Tieni la carriola! – urla il Barone spaventato.

Ma Fagiolone non tiene la carriola, e il Barone rotola vergognosamente giú per la china, come quella volta che schiacciò una ventina di generali, e va a finire nella vasca dei pesci rossi, e ci vuol del bello e del buono per ripescarlo.

Si sveglia il duchino Mandarino, corre alla vasca, balza sulle ali dell'angelino che getta acqua dalla bocca e grida:

– Togliete subito la bandiera altrimenti mi affogo!

– Vediamo se è vero! – dice Fagiolone, e gli dà una spinta.

Poco dopo ripescano il Duchino con un pesce rosso in bocca. Povero pesce rosso, credeva di andare a esplorare qualche nuova caverna: è l'unico che ci rimette la vita. Pace alle sue pinne gloriose.

Da questo momento gli avvenimenti precipitano e noi li lasciamo precipitare: i giorni cadono uno sull'altro come i foglietti di un calendario, passano le settimane a sette a sette e noi non facciamo a tempo a vedere niente, come quando al cinema la macchina impazzisce, e appena torna a girare abbastanza piano perché noi si possa finalmente vedere che cosa succede, tutto è cambiato.

Il Principe e le Contesse sono andati in esilio! Per il Principe, la cosa è chiara, ma le Contesse perché se ne sono andate? Nessuno voleva far loro del male. In fin dei conti, però, se sono andate in esilio, buon pro gli faccia.

Il Barone è diventato magro come uno stecco.

I primi tempi della Repubblica, siccome non trovava nessuno che gli portasse la carriola, non poteva andare in giro a procurarsi da mangiare e gli toccò di vivere sulle sue riserve di grasso, consumandole rapidamente. In due settimane perse quasi metà del suo peso, ossia alcuni quintali. Quando fu in grado di camminare cominciò a chiedere l'elemosina agli angoli delle strade, ma gli sputavano nella mano e non gli davano niente.

– Tu non sei un povero, sei un finto povero: va' piuttosto a lavorare.

– Non trovo un impiego!

– Va' alla stazione a portare le valigie.

Cosí fece il Barone, e a forza di portare valigie divenne affilato come un coltellino da tasca. Di un vestito solo ne ha fatto fuori una mezza dozzina. Un vestito però lo ha conservato allo stato naturale: quando lo andate a trovare, ve lo mostra in gran segreto.

– Guardate! – dice. – Guardate com'ero grasso una volta!

– Non è possibile! – dite voi stupiti.

– Non ci credete, eh? – sogghigna il Barone, trionfante. – Informatevi; informatevi! Ah, quelli erano tempi! Mangiavo in un giorno quello che adesso mi basta per tre mesi. Guardate che pancia, che schiena, che sedere!

Il Duchino? Ah, lui non muove un dito, e campa alle spalle del Barone. Ogni volta che il Barone gli nega qualcosa, sale in cima ai pali della luce e minaccia di uccidersi, se non sarà soddisfatto. E il Barone, che di quando era grasso ha conservato soltanto il cuore, lo accontenta sospirando.

Il sor Zucchina non sospira piú, invece: è diventato giardiniere capo del Castello, e Pomodoro è ai suoi ordini. Vi dispiace che Pomodoro sia ancora in circolazione? Hanno perdonato anche a lui. Adesso pensa solo a piantar cavoli e a falciare l'erba. Qualche volta si lamenta, è vero, ma

solo di nascosto, quando incontra don Prezzemolo, che è diventato il bidello del Castello.

Un Castello col bidello? Vi sembrerà strano, ma è cosí. Il Castello non è piú un castello, ma una casa da gioco. Per ragazzi, si capisce: c'è la sala del ping-pong, la sala del disegno, la sala dei burattini, quella del cinema, eccetera eccetera. Naturalmente c'è anche il gioco piú bello, ossia la scuola: Cipollino e Ciliegino siedono uno accanto all'altro, nello stesso banco, e studiano l'aritmetica, la lingua, la storia e tutte le altre materie che bisogna conoscere bene per difendersi dai birbanti e tenerli lontani.

– Perché, – dice sempre Cipollone a suo figlio, – i birbanti al mondo sono molti. E quelli che abbiamo cacciato potrebbero tornare.

Ma io sono sicuro che non torneranno. Non tornerà nemmeno il sor Pisello, che è scappato senza farsi vedere, perché aveva troppi peccati sulla coscienza.

Dicono che faccia l'avvocato in un paese straniero, ma a me non me ne importa. Sono contento che sia uscito dalla nostra storia prima che la storia sia finita. Mi sarebbe seccato trascinarmelo dietro proprio fino in fondo. Dimenticavo di dirvi che il Sindaco del villaggio è Mastro Uvetta, il quale, per essere all'altezza della sua nuova posizione, ha completamente perso il vizio di grattarsi la testa con la lesina. Solo nei casi piú gravi si dà una grattatina con la matita, ma roba da poco.

Una mattina si sono trovati i muri del villaggio tappezzati di grosse parole che dicevano: « Viva il Sindaco ».

La sora Zucca ha sparso la voce che gli « evviva » siano stati scritti proprio da Mastro Uvetta.

– Bel sindaco, – dice la comare, – che va in giro di notte a scrivere sui muri.

Ma questa è una bugia. Le scritte sono di mano di Pirro

Porro. Anzi, non di mano, ma di baffo. Pirro Porro, infatti, ha scritto sui muri coi baffi, dopo averli intinti nell'inchiostro. Questo ve lo posso dire perché siccome non avete ancora i baffi non vi verrà in mente di imitare Pirro Porro, e non potrete fare disastri.

Adesso la storia è proprio finita. È vero che ci sono altri castelli e altri birbanti al mondo, oltre i Limoni. Ma uno per volta se ne andranno e nei loro parchi ci andranno i bambini a giocare. E cosí sia, amen.

Indice

La biblioteca di Gianni Rodari

Finito di stampare per conto delle Edizioni EL
presso LEGO S.p.A. - Stabilimento di Lavis (Trento)

Ristampa

11   12   13   14

Anno

2020   2021   2022